Wolfgang Rachbauer

Der Stummfilmbegleiter

Roman

Herzlichst

Wolfgang Rachbauer

WR 2012

arovell verlag gosau salzburg wien

Wolfgang Rachbauer, Der Stummfilmbegleiter
Roman
ISBN 9783902808257 Buchnummer e825

arovell verlag gosau salzburg wien 2012

Grafik, Umschlag- und Buchgestaltung, Satz: Paul Jaeg
Autorenfoto: Die Rechte liegen bei der abgebildeten Person.
Gefördert vom Bundesministerium für Unterricht, Kunst, und Kultur, von den Landeskulturämtern und von Gemeinden.

Auslieferung, Bestellung und Verlag arovell@arovell.at
Zusendung portofrei (Zahlschein)! www.arovell.at
Preis/Ladenpreis 12,90

Büro 1:
arovell verlag, Vordertal Nr. 660, A-4824 Gosau
Tel. +43 61368430, Fax +43 61368430. Ltg. Paul Jaeg
Büro 2:
arovell verlag, Stumpergasse 35/1, A-1060 Wien
Büro 3:
arovell verlag , Zellerstraße 18, A-5071 Wals/Salzburg

Informationen zur Entstehungsgeschichte, zu den Hintergründen und zur Veröffentlichung des Romans finden Sie unter

www.derstummfilmbegleiter.at

Dort haben Sie auch die Möglichkeit, Ihr Feedback zum Roman abzugeben sowie die Meinung anderer Leserinnen und Leser zu erfahren.

geteert. Die kleineren Straßen und Wege wurden von den Menschen aus dieser Gegend selbst erhalten und waren zum Teil betoniert. Die Häuser bestanden aus einer Mischung von Holz und Lehm. Aber eigentlich war es vermessen, von Häusern zu sprechen. Es waren Hütten mit zwei bis drei Zimmern. Ein Zimmer war Wohnzimmer, Esszimmer und Küche zugleich. Im Rest der Hütte verteilte man sich zum Schlafen. Die meisten Familien hatten fünf, sechs oder mehr Kinder. Das hieß, dass in einem Raum bis zu fünf Personen schliefen. Der Winter war nicht so schlimm. Die Temperatur war meist recht angenehm. Der Sommer hingegen war oftmals unerträglich. Da hatte es auch in der Nacht in unserer Hütte über vierzig Grad. Obwohl wir unsere Türen und Fenster offen ließen, sank die Temperatur nicht. Wir waren nur mit einer Unterhose bekleidet, die dreckigen Leintücher verwendeten wir nur selten. Die Hitze in der Nacht war schlimmer als die Hitze am Tag. Wir lagen im Bett und fühlten uns wie unter einer Glasglocke. Es gab kein Entrinnen. Am Tag konnten wir wenigstens alte Zeitungen und kleine Kartons als Luftfächer zur Hand nehmen. Aber in der Nacht schwitzten wir uns die Seele aus dem Leib. Wie oft hatte ich mich danach gesehnt, in einer kalten Gegend zu wohnen.

Zu der Hitze kam der beißende Gestank. Er machte die Luft schwer und dick. In manchen Straßen konnte man kaum einatmen. Es war aber nicht nur der Gestank, den man beim Einatmen in sich aufnahm. Die Luft war angereichert mit vielen Staubpartikeln und gefährlichen Bakterien. Man hatte das Gefühl, dass mit dem Einatmen auch kleine Nadeln in die Lunge gelangen und dort in die

You reached for the secret too soon.
Shine on!

Papa
Hans-Peter
Magdalena

Der Stummfilmbegleiter

Kapitel 1
Der Devils Corner.

Kapitel 2
Glaube, Müll und Überleben.

Kapitel 3
Vielleicht nennt man das Freiheit.

Kapitel 4
Name: Richard Altmann. Nationality: Czech Republic.

Kapitel 5
Monika Stefanikova
oder was es bringt, mit 33 Jahren am Kreuz zu sterben.

Kapitel 6
Wenn man die Hölle bereits durchschritten hat.

Kapitel 7
Das Leben eines Menschen entscheidet sich in einigen, wenigen Augenblicken. Das ist jetzt wohl ein solcher.

Kapitel 8
Verantwortung oder die Absicht,
auf eine Situation eine Antwort zu geben.

Kapitel 9
Wer bin ich, fragte ich mich, die Hände in der Hosentasche und aus dem Fenster meines Büros blickend.

Kapitel 10
Die wichtigen Dinge im Leben sind unsichtbar.

Kapitel 11
Jesus war sicher kein Heiliger.

Chapter 12
Not a minute with you was ever in vain.

Kapitel 13
So viele Götter, an die die Menschen glauben.

Kapitel 14
Ich war stolz auf ihren Stolz.

Kapitel 15
Genau über Chicago City.

Kapitel 16
Panik, Verzweiflung, Schreie, Sprachlosigkeit.

Kapitel 17
Unser Sohn wird Christopher heißen.

Kapitel 18
Gelbe Rosen für Kira.

Kapitel 19
Es könnte sein, dass dieser Traum die Antwort ist.

Kapitel 20
Blues Brothers und Cyberstars.

Kapitel 21

Man sagt immer: Die Wahrheit ist zumutbar.
Nein. Nicht immer.

Kapitel 22

Du nennst es betrügen. *Ich nenne es* leben.

Kapitel 23

Greif nach dem Unmöglichen
und du wirst das Mögliche erreichen.

Kapitel 24

Was hier geschehen ist, kann man nicht wieder gutmachen.

Kapitel 25

Aber ich hatte noch immer meinen Glauben an einen gütigen Gott.

Kapitel 26

Ich bin Stummfilmbegleiter.

Kapitel 1

Der Devils Corner.

Ich trank die Flasche zur Gänze aus und stellte sie neben mich. Ich steckte meine nackten Füße in den Sand, verspürte ein inneres Glücksgefühl und überlegte, was jetzt kommen würde. Sollte jetzt etwas Außergewöhnliches kommen? Vielleicht. Aber auch das Außergewöhnliche ist relativ zu sehen, denn alles, was uns außergewöhnlich erscheint, wird im Laufe der Zeit zum Gewöhnlichen. Das ist bei den einfachen Dingen dasselbe wie bei den komplizierten. Das ist in der Medizin das Gleiche wie im Sport. Und in der Technologie das Gleiche wie in der Forschung.

Es war der 10. Juni 2054. Ein denkwürdiger Tag. Vor zwanzig Jahren war der Mensch zum ersten Mal auf dem Mars gelandet. Die Bilder des 10. Juni 2034 sind damals um die Welt gegangen. Zum ersten Mal war es einem kasachischen Forschungsteam gelungen, zwei voneinander unabhängige Raumschiffe zum Mars zu schicken. Insgesamt landeten an diesem Tag sieben junge Menschen auf dem Mars. Aufgrund der körperlichen Belastungen wählte man nur junge Menschen zwischen 21 und 29 Jahren aus. Die Sensation war perfekt. Es waren nicht die Amerikaner und auch nicht die Chinesen. Es waren die Kasachen. Meine Eltern erzählten mir, wie es damals gewesen war. 2034. Jeder konnte sich erinnern, was er gerade tat, als dieses Ereignis passierte. Das ist immer so bei solchen Ereignissen. Vielleicht hat es mit einem kollektiven Trance-Zustand zu tun. Vielleicht lenken solche Ereignisse aber ganz einfach von den alltäglichen Problemen ab. Vielleicht sehnen wir uns deshalb nach solchen Ereignissen. Jedenfalls war das beim Kennedy-Mord 1963 so und auch bei der ersten angeblichen Mondlandung 1969. Das war am 11. September 2001 beim Terroranschlag auf New York so. Und das war beim Giftgas-Anschlag am 27. November 2017 so. Solche Bilder prägen sich ein. Damals, als die meisten US-Spitzenpolitiker, von Präsident Schwarzenegger abwärts, zeitgleich ums Leben kamen. Und genauso war es 2034 bei der ersten bemannten Marslandung. Der Flug dauerte nur 52 Tage. Die sieben Kosmonauten kamen gesund wieder auf die Erde und wurden als Helden gefeiert. Forschung und Technik schienen einen überwältigenden Sieg errungen zu haben. Doch dann kam die große Ernüchterung. Keiner der sieben Kosmonauten überlebte die nächsten zwölf Monate. Alle sieben litten am Rapid-Flash-Syndrom, das man damals noch nicht kannte. Helden dürfen nicht alt werden. Helden sterben jung.

Nunmehr, zwanzig Jahre nach der ersten Marslandung, hatte man das Rapid-Flash-Syndrom im Griff und mehrere Länder schickten seitdem ihre Shuttles zum Mars. Vielleicht könnte in absehbarer Zeit eine Reise zum Mars so gewöhnlich wie eine Kreuzfahrt im Pazifik sein. Vielleicht würde dann eine Marsreise nur noch ein paar Tage dauern und wäre für jemanden mit den notwendigen finanziellen Mitteln ganz einfach machbar. Nun, wir hatten andere Sorgen und Probleme als eine Marsreise. Wir hatten nicht einmal ein ordentliches Haus. Wir lebten in der Zone 67 am Rande von Kairo. Die Zone 67 war das Endlager für den gesamten Müll Kairos. Die Zone 67 wurde auch der Devils Corner genannt. Der Gestank war kaum zu ertragen. Täglich kamen ungefähr zwanzig Garbage-Trains beladen mit Müll aus den Kernzonen von Kairo in die Zone 53. Dort wurde der Müll auf unzählige gelbe Garbage-Trucks umgeladen. Diese kamen dann zu uns und brachten uns Müll, Kot, Schmutz, Gestank. Kairo war in den letzten beiden Jahrzehnten zur zweitgrößten Metropole der Welt geworden. Größer war nur noch Los Angeles, das nach den Giftgasanschlägen von 2017 eine der wenigen unverseuchten Städte in den USA geblieben war. Kairo war eine pulsierende und eine einsame Stadt. Kairo war schmutzig und staubig. Kairo war Leben und Tod zugleich. 46 Millionen Menschen. Hunderte City-Trains, die die Menschenmassen zu den Arbeitsplätzen brachten. 60 Millionen Autos. Die Zone 67 war eine von 128 Zonen, in die Kairo eingeteilt worden war. Die Zone 67 war im Vergleich zu den anderen Zonen eine sehr schmutzige Gegend. Sicherlich die unfreundlichste Ecke von Kairo. Eben der Devils Corner.

Niemand wusste, wie viele Menschen im Devils Corner lebten. Offiziell war die Rede von 300.000 Menschen, tatsächlich waren es wahrscheinlich mehr als eine Million. Der Devils Corner lag im Südwesten von Kairo, fünfzig Kilometer vom alten Stadtkern entfernt. Es gab dort keine Vegetation. Der Boden war von der Sonne aufgeheizt und bedeckt mit losem Papier, Karton, Plastikflaschen und Kleinzeug, das der Wind herumwirbelte. Die offiziellen Straßen, auf denen die Garbage-Trucks kamen, wurden von der Stadtverwaltung finanziert, waren breit und

Lungenflügel stechen. Viele Menschen starben an Lungeninfektionen, vor allem Kinder. Es gab so etwas wie Statistiken. Offiziell war die Kindersterblichkeit in Kairo aufgrund dieser Lungeninfektionen nicht höher als in anderen Städten und Ländern. Allerdings sind Statistiken wie Huren. Sie machen das, was man will. Die offiziellen Zahlen verschwiegen die Situation. In Kairo starb nämlich ungefähr jedes dritte Kind vor seinem fünften Geburtstag an einer Lungeninfektion, im Devils Corner etwa jedes zweite. Meine Mutter gab uns immer Tropfen, die wir in der Früh einnehmen mussten. Keine Ahnung, was wir damals bekamen. Wir vermuteten, dass es Tropfen aus halb verfaulten, ausgetrockneten Orangenschalen waren. Sie schmeckten nicht schlecht, aber ich glaube nicht, dass sie uns etwas nützten.

Meine Eltern wurden im Devils Corner geboren. Als mein älterer Bruder zur Welt kam, war meine Mutter fünfzehn und mein Vater siebzehn. Zwei Jahre später kam ich zur Welt. Danach kamen noch zwei Schwestern und schließlich drei Brüder. Also sieben Kinder, was für eine Familie im Devils Corner ganz normal war. Zwei meiner Brüder und eine Schwester sind bald gestorben und wurden, wie alle Toten, verbrannt und die Asche dem Wind übergeben. Das hatte in erster Linie hygienische Gründe, da ein Begraben aller Toten undenkbar gewesen wäre. Obwohl ich meine toten Geschwister nie wirklich gut kennengelernt hatte, vermisste ich sie sehr. Sie waren immer ein Teil der Familie. Kinder waren die Sozialversicherung. Es gab kaum medizinische Versorgung, ganz zu schweigen von Altersheimen. Kinder waren die einzige Möglichkeit, ein höheres Alter zu erreichen. Sie kümmerten sich um ihre Eltern, kochten für sie und pflegten sie.

Nachdem unsere Eltern gestorben waren, wurde meine Schwester Yanaia für mich die eigentliche Bezugsperson. Ich war damals zwölf Jahre alt, Yanaia war erst zehn. Ich konnte den Tag nie vergessen. Als ich von der täglichen Müllarbeit nach Hause kam, erfuhr ich die Nachricht. Meine Eltern waren von einem City-Train überrollt worden. Wir haben nie erfahren, was genau passiert war. Wir hatten keine Gelegenheit, uns von unseren Eltern zu verabschieden. Damals war ich verzweifelt, da ich ja jetzt keine Eltern, keine Beschützer mehr in einer so bedrohlichen Welt hatte. Die Verzweiflung war im Laufe der Jahre einer gewissen Nachdenklichkeit gewichen. Ich hätte ihnen so viel sagen wollen, was ich erreicht habe, aber auch wo ich gescheitert bin. Ob sie manchmal stolz auf mich gewesen wären? Ich kann mich heute noch an den Satz eines Freundes erinnern. „Ich bin mir sicher, dass es deinen Eltern jetzt sehr, sehr gut geht“, sagte er mir, nachdem die Asche vom Wind davongetragen worden war. Dieser Satz ließ mich nicht los. Das würde ja heißen, dass sie weiterleben, irgendwo. Dass ich sie wiedersehen sollte, irgendwann. Und dass ich ihnen alles, was ich ihnen noch sagen wollte, dann sagen könnte. In vielen Stunden, in vielen Tagen, die ganze Ewigkeit lang. Ja, ich freute mich auf diese Ewigkeit. Sie scheint jedenfalls schmerzlos zu sein. Eternity is painless.

Kapitel 2

Glaube, Müll und Überleben.

Ich wurde am 9. Jänner 2040 geboren. Mein Name ist Yahya. Man schreibt ihn auch Jahja. Ich bevorzuge aber Yahya. Ausgesprochen wird er Jaja. Es ist ein gewöhnlicher Name in Ägypten. Yahya bedeutet *„Er lebt"* und steht im Koran für Johannes den Täufer. Meine Eltern und auch schon meine Großeltern waren Christen, Katholiken, was in unserer Gegend sehr ungewöhnlich war. Yahya hat einen starken Bezug zum Christentum, da Johannes der Täufer als einer der ganz großen Wegbereiter Jesu gilt. Unser Familienname ist Ates, was aus dem Türkischen kommt und so viel wie *„Feuer"* oder *„Eifer"* bedeutet.

Manchmal fühlte ich mich als Katholik nicht ganz wohl in meiner Haut. Ich fühlte mich, als gehörte ich nicht ganz dazu. Meine Eltern wirkten meist etwas entschuldigend, wenn sie mir erklärten, dass die Christen an den gleichen Gott wie die Moslems glaubten. Sein Name sei Gott und auf Arabisch hieße das eben Allah. So einfach wäre das. Und Jesus, der von uns Christen als ein Teil der Dreieinigkeit und gleichzeitig als der ganze Gott gesehen würde, gälte im Islam als Prophet. Meine Eltern konnten aber trotzdem nicht verleugnen, dass unsere Umgebung sehr stark vom Islam geprägt war. Und es war nicht zu übersehen und zu überhören, dass der Islam große Unterschiede zum Christentum aufweist: *„Aschhadu an la ilaha illa llah wa-aschhadu anna Muhammadan rasulullah"* – *„Ich* *bezeuge, dass es keine Gottheit außer Gott gibt und dass Mohammed der Gesandte Gottes ist.*" So beginnt das Glaubensbekenntnis eines Moslems. Es ist die erste der fünf Säulen des Islam. Die anderen sind Gebet, Fasten, Barmherzigkeit und Pilgerfahrt.

In meiner Kindheit war es aber nicht so wichtig, an welchen Gott man glaubte. Glaube war für die meisten in unserer Gegend und in unserer Zeit kein zentraler Bestandteil ihres Lebens. Egal ob Islam oder Christentum, es gab Rituale, Gewohnheiten, Traditionen, Feste und Feiern. Oft ging der wahre Sinn dahinter verloren. Und ich musste immer mehr erkennen, dass viele Menschen – selbst gläubige Menschen – diesen eigentlichen Sinn nie wirklich erfassten. Auch mir blieb er verborgen, obwohl ich sicher mehr als andere über Religion und Glaube nachdachte. Ich machte all diese einstudierten Gewohnheiten mit und hatte ein gutes Gewissen. Religion konnte so einfach sein, wenn man sich nicht zu intensiv damit beschäftigte. Das gleiche galt für den Glauben. Erst später in meinem Leben erfuhr ich, dass Glaube provozieren und polarisieren konnte. Dass Glaube streitbar war. Dass Glaube das Gegenteil von Zweifel war und trotzdem untrennbar mit Zweifel verbunden war. Dass Glaube die Überzeugung ohne naturwissenschaftliche Erklärung war. Dass Glaube Wissen ohne Logik war.

Ja, ich sollte es erst später in meinem Leben erfahren. Glaube konnte ohne Zweifel nicht entstehen und nicht existieren. Zweifel war für den Glauben wie Wasser für das Leben. Ohne Zweifel brauchte man keinen Glauben.

Und man kam erst über Zweifel zum Glauben. Zweifel konnte niemals den Glauben erschüttern, sondern ihn nur festigen. Die meisten Menschen in der damaligen Zeit, auch ich, erkannten das aber nicht. Viele Menschen in unserer Gegend – und wahrscheinlich auf der ganzen Welt – glaubten, dass Zweifel der erste Schritt zur Verderblichkeit war. Und das Rezept war deshalb ganz einfach: Man durfte sich nicht mit Zweifeln auseinandersetzen. Man durfte sich nicht auf Diskussionen mit dem eigenen Gewissen einlassen. Solche Diskussionen konnte man nicht gewinnen. Und eine ehrliche Diskussion hätte uns Energie gekostet, Zeit gekostet und uns zum Ausbrechen aus der Routine gezwungen. Und das wollte niemand. Wir hatten andere Probleme. Wir waren froh, dass wenigstens ein Teil unseres Lebens in Gewohnheit, also gewöhnlich, verlief. Warum sollte man das aufs Spiel setzen?

Ich dachte aber doch im Laufe der Jahre sehr gerne über den Glauben nach. Ich weiß nicht genau, warum ich mich damit beschäftigte. Irgendwie war der Glaube doch etwas Besonderes. Vielleicht war es auch die Beschäftigung mit etwas Fremdem, etwas Exotischem. Und der Glaube war für die meisten Menschen zu etwas Fremdem geworden. Wohl auch für mich. Vielleicht ist mir der Glaube auch nie vertraut geworden. Vielleicht habe ich auch bei allen Überlegungen den Sinn des Glaubens aus den Augen verloren. Vielleicht habe ich die Einfachheit des Glaubens übersehen. Und im Grunde war der Glaube, mein christlicher Glaube, ganz einfach: Es gab vor 2000 Jahren einen Menschen und der hieß Jesus. Dieser Jesus folgte einem einfachen Prinzip, nämlich der Nächstenliebe.

Liebe Deinen Nächsten! Ganz einfach. Ganz klar. Kein Problem. Und doch so unerreichbar. Und dieser Jesus hat dieses Prinzip bis zur letzten Konsequenz umgesetzt. Noch am Kreuz hat er Gott um Vergebung für seine Peiniger gebeten. Die Faszination ließ mich nicht los.

Bei uns gab es mehrere kleine Moscheen und eine kleine Kirche für die wenigen Christen. Die Kirche lag etwas abseits auf einem der vielen Müllberge. Sie war aus Holz und es hatten ungefähr zwanzig Leute darin Platz. Jeden Sonntag wurde eine Messe gefeiert, dazu kam ein Priester aus der Zone 65. Ich ging nicht sehr oft in die Kirche, aber ich kannte trotzdem alle aus unserer kleinen christlichen Gemeinde.

Unser Alltag sah immer gleich aus. Am Morgen standen wir sehr früh auf, ungefähr um fünf Uhr, gleich nach dem Aufwachen. Ich wollte natürlich länger im Bett bleiben, aber man war dann doch sehr froh, wenn man aus der Hütte raus kam. Ich schlief mit meinen zwei Brüdern in einem winzigen Raum. Mein älterer Bruder hatte ein eigenes Bett, mein jüngerer Bruder und ich mussten in einem etwas größeren Bett gemeinsam schlafen. Oft wollte ich abends noch etwas lesen, aber meine Brüder wollten einfach nur schlafen. Deshalb einigten wir uns auf ein Drei-Tages-Rad. Jeden Tag durfte jemand anderer bestimmen, wie lange wir die Kerzen brennen ließen. Und jedes Mal, wenn ich das bestimmen durfte, ließ ich die Kerzen natürlich lange brennen, was meine Brüder ziemlich ärgerte. Und ich wusste, dass ich an den nächsten Tagen keine Chance hatte, etwas in meinen Büchern und Heften zu lesen.

Am Morgen wuschen wir uns in einer alten Blechtonne, die vor dem Haus stand. Jeder aus unserer Familie nahm dazu das Stück Seife, das neben der Tonne lag, machte sie in der Tonne nass und wusch sich dann am ganzen Körper mit der Seife – einschließlich der bereits angezogenen Kleidung. Anschließend wurden die aufgetragene Seife und der Schmutz mit Wasser vom Körper abgewaschen. Damit war die tägliche Wäsche – sowohl des Körpers als auch der Kleidung – fertig. Mein Bruder und ich mussten die Tonne einmal in der Woche auffüllen. Dazu gingen wir zu den Wassertrucks, die in den Devils Corner fuhren, und holten uns unsere Rationen ab. Dann wurde etwas Wasser aus der Tonne ausgelassen und oben frisches Wasser nachgefüllt. Dadurch war das Tonnenwasser wieder etwas sauberer.

Auch das Trinkwasser wurde von den Wassertrucks gebracht und auch dieses mussten wir zweimal in der Woche holen. Das Wasser wurde in Kanister abgefüllt, die wir dann in unsere Hütte stellten. Wir gingen sehr sorgfältig und sparsam mit dem Trinkwasser um. Leider starben sehr viele Kinder, weil sie schmutziges Wasser getrunken hatten. Zuerst traten sehr schmerzhafte Magenbeschwerden auf, dann kam Fieber dazu, und sehr oft trat schon nach einigen Tagen der Tod ein. Meine Eltern sorgten sich immer darum, dass wir nur sauberes Wasser aus den Kanistern tranken und wir hielten uns auch daran.

Nachdem wir uns morgens gewaschen hatten, gingen wir zur Schule. In ganz Kairo gab es natürlich Schulpflicht.

Offiziell begann man mit vier Jahren in der Kinderklasse und war dann in der Grundschule bis man zehn war. Dann folgten noch drei Jahre weiterführenden Unterrichts und schließlich erlernte man seinen Beruf. Offiziell war auch genau geregelt, wie viele Stunden der Unterricht zu dauern hatte, wie viel Ferienzeit es gab, wie viele Schüler in einer Klasse sein durften und so weiter. Bei uns galten diese Regeln nicht, und es kümmerte auch niemanden, ob diese Regeln eingehalten wurden. Irgendwann sagten uns unsere Eltern, wir müssten jetzt zur Schule gehen, und dann gingen wir in diese Hütte neben der Kirche. Es gab keine Klassen, in denen gleichaltrige Mitschüler zusammenkamen. Es gab vielmehr verschiedene Unterrichtseinheiten, die an unterschiedlichen Tagen zu unterschiedlichen Zeiten gelehrt wurden. Und wenn wir Zeit und Lust hatten, dann gingen wir auch hin. Das hatte den großen Nachteil, dass die Kinder nur das lernten, was ihnen Spaß machte. Wir gingen nur ganz selten in den Mathematikunterricht und viele von uns lernten deshalb auch nur schlecht Rechnen.

Die Eltern bekamen gar nicht viel mit, was und wie viel wir lernten. Eigentlich kümmerte sie die Schule gar nicht so sehr. Jedem war bewusst, dass es kein Entrinnen aus dem Devils Corner gab, und deshalb war es meinen Eltern viel wichtiger, dass wir bald wieder von der Schule heimkamen, um mit dem Garbaging – dem Müllsammeln – ein wenig Geld zu verdienen.

Schon damals faszinierten mich alte Bücher. Sobald ich etwas lesen konnte, nahm ich Bücher, die ich im Müll gefunden hatte oder die mir jemand geschenkt hatte, und las darin. Lesen war meine geheime Leidenschaft und ich durfte das meinen Freunden gar nicht sagen. Denn Lesen war uncool. Auch meine Eltern hatten nicht sehr viel Freude mit mir und meinen Büchern. Vielleicht war ihnen einfach das tägliche Garbaging wichtiger als meine Fortschritte beim Lesen.

Einmal schenkte mir mein Lehrer ein altes Buch von einem französischen Schriftsteller. Er sagte mir, dass das einmal ein vielgelesenes Buch war, dass aber später niemand mehr wirklich etwas damit anfangen konnte. Der Schriftsteller war ein Abenteurer, hat viel erlebt, ist in der Wüste mit einem Flugzeug abgestürzt und hat viele verrückte Dinge gemacht. Er hieß Antoine de Saint-Exupéry und das Buch handelte von einem kleinen Kind, angeblich einem Prinzen. Und dieses Kind lebte ganz einsam auf einem Planeten und seine einzigen wirklichen Freunde waren ein Fuchs und eine Blume. Ich habe das Buch mehrmals gelesen, es ist nicht besonders dick. Und da gab es diesen wunderbaren Satz, dass man nur mit dem Herzen richtig sehen könne und dass das Wesentliche für die Augen unsichtbar bliebe. Ich habe sehr viel darüber nachgedacht, ob das wirklich stimmen mag. Wahrscheinlich schon. Und dann gibt es auch noch diese Ermahnung des Fuchses an den kleinen Prinzen, dass er sein ganzes Leben für das verantwortlich sei, was er sich vertraut gemacht habe. Ich weiß nicht, warum mir dieser Satz so in Erinnerung geblieben ist. Vielleicht war es Schicksal, dass sich dieser Satz in mein Gedächtnis einbrannte, wie eine Brandwunde, die man das ganze Leben lang mitträgt. Und dieser Satz sollte in meinem Leben noch viel Bedeutung bekommen.

Da gab es aber auch noch viele andere Bücher, die ich im Laufe der Zeit im Müll gefunden hatte und in einer kleinen Kiste hinter unserer Hütte aufbewahrte. Am meisten interessierten mich Biografien von bedeutenden Menschen, die ich mir von meinem Lehrer ausborgen durfte. Ich weiß nicht, woher er diese Bücher hatte. Sie waren nicht nur spannend, sondern ich war der Meinung, dass man viel vom Leben anderer Menschen lernen konnte, obwohl ich damals sicher noch nicht alles verstand, was ich da las.

Besonders faszinierte mich beispielsweise Juri Gagarin, der den ersten bemannten Raumflug unternommen hatte. Es war im April 1961, als der junge 27-jährige Kosmonaut – so nannten die Russen ihre Raumfahrer – in einem winzigen Raumschiff, der *„Wostok"*, in den Himmel und in die Ewigkeit gestartet ist. Er sollte der erste Mensch sein, der die Erde aus einer neuen, ungewohnten Perspektive sehen durfte, der die Erdkrümmung wie nie ein anderer Mensch zuvor erlebte und der einen Wettstreit in der Raumfahrt zwischen den USA und der damaligen Sowjetunion auslöste. Als eine US-Radarstation die *„Wostok"* erfasste, als sie über Amerika hinwegraste, wurde angeblich Präsident Kennedy geweckt. Jener Präsident, der nur wenige Wochen später die USA darauf einschwor, noch im selben Jahrzehnt einen Menschen auf den Mond bringen zu wollen.

Auch die Biografie des zweiten Mannes auf dem Mond, Edwin *„Buzz"* Aldrin, war eine besonders interessante und doch so traurige. Buzz Aldrin stand immer im Schatten von Neil Armstrong, des ersten Menschen am Mond. Neil Armstrong hatte viele Jahre als Held der USA gegolten und war – oft gemeinsam mit Aldrin – um die Welt gereist, um von der ersten Mondlandung zu erzählen. Doch die Zweifel an der Landung des ersten Menschen auf dem Mond, an diesem berühmten, kleinen Schritt für Neil Armstrong, wurden immer größer. Kameraperspektiven stimmten nicht. Die Fotos waren für damalige Verhältnisse viel zu scharf. Und dann die Spiegelbilder zweier Astronauten im Visier von Neil Armstrong, die nachträglich wegretuschiert wurden. Ganz zu schweigen von den Fadenkreuzen der Kameras, den Reflexionen diverser Lichtquellen und den fehlenden Schatten auf den Bildern. Außerdem waren auf den Fotos keine Sterne zu erkennen, obwohl man sie aufgrund der fehlenden Atmosphäre auch bei Tag sehen hätte müssen. Aufgrund der fehlenden Atmosphäre konnte es wohl auch keinen Wind geben und trotzdem wehten die *„Stars and Stripes"* der amerikanischen Flagge am Mond. Und die Cola-Flasche, die man auf einem Bild zu erkennen vermag. Bis dann eines Tages Buzz Aldrin mit der ganzen Wahrheit herausrückte. Jahrelang wurde er von Journalisten immer wieder darauf angesprochen. Er hatte es nicht mehr geschafft, die Welt zu belügen, wurde zunächst alkoholabhängig, dann Autoverkäufer. Überdies war er schwer drogenabhängig und depressiv. Die Welt war damals schockiert, als er bei der Eröffnungsfeier eines Flugzeughangars im Sommer 2019 in einer kleinen Stadt in Österreich bekannt gab, dass er niemals am Mond war. Nicht als Erster und auch nicht als Zweiter. Die ganze Mondlandung war aufgrund des enormen Drucks des kalten Krieges zwischen den USA und der damaligen

Sowjetunion einfach erfunden worden, in den Sandwüsten Nevadas gefilmt und dann in die Wohnzimmer von Millionen begeisterter Zuseher gebracht worden. Viele Beteiligte, wie beispielsweise Kameraleute, Requisiteure und Techniker, starben laut Aldrin später an Unfällen und Zufällen. Oder sie wurden – wie auch er selbst – von der NASA mit Heroin vollgespritzt und somit auf Lebenszeit abhängig gemacht. Ein Preisgeben des Geheimnisses hätte automatisch den Tod bedeutet, die Familien wären diskreditiert worden und die Drogensucht wäre publik gemacht worden. Ein Entrinnen war unmöglich, wie er damals bekanntgab. Die Welt wurde für Buzz Aldrin, der heroinabhängigen Marionette des amerikanischen Geheimdienstes, zu einem kleinen Dorf, in dem er jederzeit auffindbar und ausschaltbar war.

Doch an diesem Sommerabend 2019 konnte Buzz Aldrin nicht mehr. Nicht zum ersten Mal bedrängte ihn ein Journalist mit einer Bibel in der Hand und verlangte von ihm einen Schwur auf die Bibel, dass die Mondlandung tatsächlich stattgefunden hätte. Buzz Aldrin verlor die Nerven und die USA ihre Glaubwürdigkeit. Aus dem alten Helden wurde ein neuer Held, der diesen Status jedoch nicht mehr erleben konnte. Er wurde wenige Stunden nach seinem Bekenntnis erhängt in seinem Hotelzimmer gefunden. Er beging Selbstmord, so wie seine Mutter viele Jahre zuvor. Die NASA hat den Schwindel von der Mondlandung dann auch zugegeben. Aus Buzz Aldrin, dem ewigen Antihelden im Schatten von Neil Armstrong, wurde ein moderner, tragischer Held.

Da gab es dann auch ganz andere, nicht weniger spannende Biografien, die ich mit Begeisterung las und die vielleicht schon den Lauf meines Lebens etwas zu prägen vermochten.

Zum Beispiel jene des Richard Branson, eines schlechten Schülers, der später die Schule ganz abbrach, eines Träumers und Milliardärs. Branson verkaufte Weihnachtsbäume und züchtete Wellensittiche. Er war aber auch Gründer von Virgin Records, Virgin Atlantic und Virgin Clothes. Er hat seine Träume verwirklicht, ist mit dem Ballon über den Atlantik geflogen und hat sich Rennfahrzeuge samt den dazugehörigen Teams gekauft. Ihm ist es immer wieder gelungen, das Unmögliche zu verwirklichen, nach den Sternen zu greifen und trotzdem barfüßig am Boden zu bleiben. *„Business is fun“*, wie er zu sagen pflegte.

Ein ganz anderer, aber keinesfalls weniger faszinierender Mensch war Yitzhak Rabin, Feldherr, Friedensstifter, Nobelpreisträger. Rabin war nicht unumstritten, hatte Freunde und Feinde. Er wurde aber immer mehr zu einem Menschen, für den Frieden machbar war, und der dies unter Beweis stellte. Wäre er nicht im November 1995 ermordet worden, er hätte noch so viel Blutvergießen verhindern können. Auch das Menschliche an ihm erstaunte und erheiterte mich. So konnte er, der Diplomat, angeblich keine Krawatten binden, was ihn immer wieder in Verlegenheit brachte. Ganz zu schweigen von seinen ständigen Bemühungen, bei irgendwelchen Empfängen nicht tanzen zu müssen. Mit einer Frau zu tanzen war für ihn angeblich schwieriger als mit einem Heer in einen Kampf zu ziehen.

Mich faszinierten auch ganz ungewöhnliche Biografien. Eine davon war die Biografie eines Musikers und Politikers. Er hieß Kurt Cobain und war Bürgermeister von Seattle. Dieses Amt übte er zwanzig Jahre lang aus, und das angeblich nicht schlecht. Man hatte ihm verziehen, dass er mit seinem vorgetäuschten Selbstmord viele Jahre zuvor die ganze Welt an der Nase herumgeführt hatte. Kurt Cobain war in seinen jungen Jahren ein ziemlich talentierter Musiker, der eines unbedingt vermeiden wollte: *„berühmt zu werden"*. Das gelang ihm auch ganz gut. Er trat als Vorgruppe zu viel bekannteren Bands auf und fühlte sich in seinem Status als mittelmäßiger und lokal bekannter Musiker ganz wohl. Er meinte auch immer wieder, dass man nicht viel in seine Songs hineininterpretieren solle. Er schreibe einfach ein paar Zeilen, nicht mehr. Und dann geschah das Unerwünschte. Er hatte mit einer Freundin wieder einmal zu viel geraucht und sie schrieb auf die Hausmauer den Satz *„Kurt smells like Teen Spirit"*. Kurt Cobain glaubte, dass das ein Ausdruck für seinen Freigeist, für seine jugendliche Unbekümmertheit sei. In Wirklichkeit war *„Teen Spirit"* nichts weiter als der Name eines mittelmäßigen Parfüms. Er nannte seinen nächsten Song *„Smells Like Teen Spirit"*, von seiner Band nur *„Teen Spirit"* genannt. Niemand aus der Band glaubte, dass der Song wirklich erfolgreich werden würde. Er kam dann gemeinsam mit einigen anderen Hits auf einer – wie damals üblich – Schallplatte, einer großen, schwarzen Scheibe, auf der einige wenige Musikstücke sozusagen eingeritzt waren, zum Verkauf in die Geschäfte. Das Musikalbum hieß *„Nevermind"* und war ein voller Erfolg. Kurt Cobain war über Nacht zu einem Star geworden und galt als der Begründer des sogenannten *„Grunge"*.

Cobain heiratete eine Frau mit dem schönen Namen *„Love Courtney"* und wurde Vater eines Kindes. Er wollte aber nie berühmt werden und überlegte sich, wie er seinen Status wieder loswerden könne. Also beschloss er, der Welt einen Selbstmord vorzutäuschen und veröffentlichte die Meldung über seinen eigenen Tod. Es war am 5. April 1994 und die ganze Musikwelt war erschüttert. Kurt Cobain hat sein Leben und den Erfolg nicht verkraftet, war drogensüchtig und hat sich im Drogenrausch mit einer Schrotflinte erschossen. Natürlich wurde er umgehend zu einem noch größeren Helden und *„Smells Like Teen Spirit"* zur Hymne einer ganzen Generation. Bald kamen auch Verschwörungstheorien auf. Vor allem zweifelte man immer wieder daran, dass die Ärzte damals angeblich eine enorm hohe Dosis Heroin in Cobains Körper festgestellt hatten und dass mit dieser Dosis niemand in der Lage gewesen wäre, eine Schrotflinte auch nur aufzuheben, geschweige denn, damit zu schießen. Aber man ging den Ungereimtheiten nie wirklich auf den Grund. Man brauchte in den 1990er-Jahren einen Helden, einen jungen Helden, jemanden der die No-Future-Generation der 1980er konsequent fortsetzte. Niemand wusste, dass sich Cobain in ein kleines Dschungelparadies im brasilianischen Amazonas-Gebiet zurückgezogen hatte und dort über zwanzig Jahre verbrachte. Als er wieder in die Welt zurückkehrte, wurde er gefeiert, aber auch belächelt. Irgendwie wurde er, der

Sterbliche mit seiner unsterblichen Musik, dann zu einem Politiker, der in seiner Heimatstadt Seattle später auch zum Bürgermeister gewählt wurde. Smells like Nirvana.

Viele Biografien las ich mehrmals. Zum ersten Mal als junger Leser, der vieles von dem, was da geschrieben stand, verstehen wollte, aber nicht konnte. Es war einfach zu weit weg. Wie sollte ich in dieser Zeit verstehen, was eine Atmosphäre war oder wie die Machenschaften der amerikanischen Raumfahrtbehörde funktionierten. Oder was ein Diplomat ist und warum er tanzen muss, aber nicht will. Und doch blieb eine Faszination bei mir hängen, die mich im Laufe der Jahre immer wieder zu diesen Büchern greifen ließ und von denen ich immer mehr verstand. Sie waren für mich wie Nahrung für den Kopf.

Viele Schulgegenstände interessierten mich nicht. Als Kind und Jugendlicher erkannte man auch nicht, dass es so wichtig gewesen wäre viel zu lernen, um wenigstens eine kleine Chance zum Ausbruch aus dem Devils Corner und zum Leben in der besseren Welt zu haben. Mir ging es da nicht anders.

Wenn wir vom Unterricht zurück waren, bekamen wir etwas zu essen. Meist war es ein billiger Brei, der von der Regierung in Form von Pulver bereitgestellt wurde. Nach dem Essen begann das Garbaging, der zentrale Bestandteil unseres Lebens. Garbaging war nichts anderes als das Sammeln von noch brauchbaren Dingen im Müll. Sobald einer der Garbage-Trucks die Straße heraufkam und rückwärts an die Abladerampe fuhr, standen wir schon bereit. Oftmals halfen die Erwachsenen dem Fahrer beim Öffnen der Ladewände. Dann wurde der ganze Müll vom Truck gekippt. Der Gestank war unbeschreiblich, da sich zum frischen Müll auch noch die Dieselabgase der Trucks mischten. Deshalb hatten wir auch bei der größten Hitze alte Fetzen um das Gesicht und vor allem um den Mund gewickelt. Während der Müll von der Ladefläche gekippt wurde, sammelten sich immer mehr Menschen um den Truck. Es bildete sich eine Traube von ungefähr dreißig Menschen und jeder suchte sofort nach den besten Dingen. Am begehrtesten waren alte Nägel und Schrauben aus Metall, da diese sehr gut wiederverwendet werden konnten. Weiters suchten wir nach Aluminiumdosen, Holzstücken, Glas, hartem Plastik, Kartons und Stoffen. Die Gegenstände wurden in sehr großen, selbstgebauten Körben gesammelt und dann am späteren Nachmittag zu den Händlern, die am Rande des Devils Corner ihre Lager hatten, gebracht und verkauft. Am meisten bekamen wir für rostfreie und gut erhaltene Nägel und Schrauben, aber auch für Glas. Die Händler kauften unsere gesammelten Stücke und brachten sie dann zu Großhändlern in den anderen Zonen. Die Aluminiumdosen wurden von den Großhändlern gesammelt, zu den zentralen Energiewerken der Stadt gebracht und dort verarbeitet. Das gesammelte Holz wurde für die eigenen Hütten verwendet oder verkauft. Die Stoffe, alte Fetzen oder alte Kleidung, brachten wir ebenfalls zu den Händlern oder wir verwendeten sie selbst.

Die Händler bezahlten in Dollar, der weltweiten Währung. Alles wurde in Dollar gekauft und verkauft. Die alten Währungen, wie den Euro oder den Yen, gab es nicht mehr. Aber auch jüngere Währungen, wie der afrikanische Safro, konnten sich nicht durchsetzen und mussten dem Dollar weichen. An einem guten Tag konnte man bis zu zwei Dollar verdienen, womit man zwei Dosen MedCoke, ein weit verbreitetes Getränk in Kairo, bekam. Jedes Familienmitglied musste das Geld, das beim Garbaging verdient wurde, zuhause abgeben. Mit dem Geld wurden dann die notwendigen Medikamente gekauft, aber auch einfaches Essen und manchmal sogar etwas Gemüse.

Kapitel 3

Vielleicht nennt man das Freiheit.

Der Müllberg war unser Leben, unsere Heimat, unser Zuhause. Er war unser Schicksal. Wir kannten nichts anderes und waren an den Gestank des Mülls, an den beißenden Geruch der Trucks, an die glühende Hitze und an die schlechte Luft gewöhnt. Wir gingen nach der Schule auf den Müllberg, gingen am frühen Abend zu den Händlern und dann nach Hause. Oft suchten wir stundenlang im Müll herum, ohne etwas zu finden. Das war für mich das Schlimmste. Wenn man etwas gefunden hatte, wusste man, dass man nicht umsonst tätig war. Wenn man aber nichts Brauchbares gefunden hatte, dann überfiel einen oft ein Gefühl von Ohnmacht, da man ja auf das Geld der Händler angewiesen war. Am besten waren die Tage nach dem Monatsanfang. Viele Menschen, die in Kairo arbeiteten, bekamen am Monatsanfang ihr Gehalt und konnten sich neue Kleider, neue Möbel oder Sonstiges kaufen. Dann wurde das Alte entsorgt und landete im Devils Corner.

Oft nahmen wir beim Garbaging sogenannte Dreams zu uns. Dreams waren eine Mischung aus Plastikteilchen und getrocknetem Leim, die angezündet und inhaliert wurde. Dann stellte sich für kurze Zeit ein Trancezustand ein und man spürte weder Hitze noch Gestank. Man arbeitete mit eingeschränkter Wahrnehmung. Das Sichtfeld verengte sich und die Kontraste der Umgebung wurden stärker. Jede Bewegung wurde nur ganz langsam wahrgenommen.

Das Zeitgefühl wurde komplett ausgeschaltet, man lebte im Jetzt. Vergangenheit und Zukunft waren plötzlich verschwunden. Die Zeit wurde zu einem *„Zeit-Punkt"*. Man brauchte keinen anderen Menschen, man brauchte keine Kommunikation und man lebte ein kurzes Leben im eigentlichen Leben. Und dieses kurze Leben wurde Dream genannt. Dreams waren eine Droge für die Armen, ein virtueller Schutzmantel, den man sich anzog und an dem für eine kurze Zeit alle Sorgen abprallten. Man hatte das Gefühl, dass einem nichts, wirklich gar nichts, passieren konnte. Jedes noch so bedrohliche Ereignis wurde ausgeblendet, bevor es ins Bewusstsein vordrang. Dreams waren ein Security Guard: Nur positive Gedanken passierten das Tor zur Wahrnehmung, negative Gedanken wurden unschädlich gemacht. Vielleicht waren Dreams ein Augenblick des Paradieses, das einen nach dem Tod erwartet. Ein winziger Augenblick der Ewigkeit, den man vorwegnahm und bereits zu Lebzeiten konsumierte. Jeder von uns wusste über die Wirkung von Dreams. Jeder wusste, dass Dreams nicht gesund waren. Aber sie gehörten zum täglichen Leben, wie der Gestank und die Garbage-Trucks.

An den meisten Tagen war meine ganze Familie am Müllberg und sammelte brauchbare Materialien. Auch meine Eltern waren bis zu ihrem Tod ständig damit beschäftigt, ihr kleines Einkommen mit dem zu sichern, was andere Menschen weggeworfen hatten. Nach dem Tod meiner Eltern ging ich die ersten Monate hauptsächlich mit meiner jüngeren Schwester Yanaia auf den Müllberg. Sie wurde für mich zum Mutter- und

Vaterersatz und ich fühlte mich bei ihr sehr geborgen, obwohl sie jünger war als ich.

Unsere Kindheit war sicher nicht leicht, ich habe sie aber dennoch in angenehmer Erinnerung. Vielleicht ist das ein Schutzmechanismus, dass man im Laufe der Zeit negative Eindrücke vergisst und nur die positiven behält.

Der Müllberg war unsere stinkende Tagesbeschäftigung, aber wir hatten oft auch Spaß dabei. Mein bester Freund, Karim, war um einige Monate jünger als ich, und wir gingen immer gemeinsam zum Garbaging. Karim sah das ganze Leben von seiner leichten Seite und machte sich gleichzeitig sein Leben ziemlich schwer. Die Schule interessierte ihn so gut wie überhaupt nicht, außer vielleicht jene Stunden, in denen über ferne Länder gesprochen wurde. Er war unseren Lehrern ein Dorn im Auge und rebellierte gegen seine Eltern. Er war ganz einfach unbequem und musste immer mit dem Kopf durch die Wand, selbst wenn daneben eine offene Tür war. Karim lebte mit seiner Familie in einem anderen Teil des Devils Corner und wir hatten uns in der Schule kennengelernt. Freunde wurden wir aber erst nach einem heftigen Streit, bei dem wir uns prügelten. Der Kampf sollte so lange dauern, bis einer aufgibt oder tot ist. Beides ist aber nicht passiert und nach einer halben Stunde hörten wir auf. Von da an wuchs unsere Freundschaft. Ihm gefielen meine relativ ordentliche Art, meine Liebe zu den Büchern und meine pragmatische und vernünftige Einstellung zum Leben. Mir gefiel an ihm seine Rebellion gegen alles und jeden. Und seine Sturheit. Er verstand es, zu leben. Er lebte in einem Jahr mehr von seinem Leben als es andere in fünf oder zehn Jahren taten. Er verkörperte einen modernen Vagabunden, heute würde man ihn vielleicht einen Bohemian nennen. Für ihn zählte jeder Tag in seinem Leben.

Beim Müllsammeln rauchten wir uns manchmal mit Dreams nur so voll und vergaßen auf das Garbaging. Dann zeigte mir Karim seine kleinen Experimente mit allen möglichen Sprengstoffen. Er wusste, welche Dinge man mixen musste, damit es möglichst laut krachte und hell brannte. Einmal legte er einen selbstgebastelten Sprengsatz unter einen Karton und verlegte ein Kabel. Und als dann einer der Garbage-Trucks darüberfuhr, ließ er den Sprengsatz explodieren. Der Truck hatte einen Reifenschaden und konnte nicht mehr weiterfahren. Natürlich fand man sofort den Schuldigen. Und ich wurde in die Rolle des Mittäters gedrängt, obwohl ich nur begeisterter Zuseher war. Aber mich störte das nicht wirklich, denn wir wurden bei unseren Freunden durch dieses Ereignis wie kleine Helden gefeiert.

Karim war äußerlich eher unscheinbar, aber er weckte bei den Mädchen einen Mutterinstinkt. Er ließ sich seine Haare wachsen, wusch sich nicht sehr oft und war eher verwahrlost. Aber das kam bei den Mädchen so gut an, dass er für viele zum heimlichen Schwarm wurde. Oft wusste ich nicht, wo er gerade wohnte. Manchmal war er auch für kurze Zeit in einer anderen Zone und verdiente sich mit verschiedenen Tätigkeiten ein wenig Geld, mit dem er sich ein paar Tage durchschlug. Am Ende landete er aber immer wieder im Devils Corner.

Karim hatte auch eine makabere Seite. Ich wusste nicht wirklich, warum er so gerne mit dem Totenkopf, den er einmal beim Garbaging gefunden hatte, spielte. Aber das faszinierte ihn. Er hat diesen Schädel in ein dreckiges Tuch eingehüllt und in einer kleinen Schachtel aufbewahrt. Einmal hat er mich sogar gefragt, ob er meinen Schädel – nur falls mir einmal etwas passieren sollte und ich vor ihm sterben würde – erhalten könnte. Natürlich lehnte ich das ab. Ich wollte verbrannt werden, wie alle anderen auch. Aber doch nicht in einer Schachtel landen und dann zum Herzeigen ausgepackt werden. Vielleicht wollte mich Karim damit nur verwirren, aber ich glaube, er meinte das wirklich so.

Karim hatte einen Traum. Er wollte weg aus Kairo und die Welt erobern. Er erzählte mir immer wieder von Inseln im pazifischen Ozean, von Thailand, Vietnam, Kambodscha und den Philippinen. Es drängte ihn in diese Länder. Ich war damals überzeugt, dass er den Ausbruch aus dem Devils Corner schaffen könnte. Ihm traute ich das zu. Er schien das nötige Glück, die Überzeugung und den Instinkt dafür zu haben. Und eines Tages, ich glaube, es war an einem Nachmittag im Februar, passierte etwas, das sein Fernweh noch weiter steigerte. Wir waren gerade auf dem Weg zu unserem besten Platz fürs Garbaging, als wir zwei Fremde sahen. Wir erkannten sofort an deren sauberer Kleidung und hellen Haut, dass es sich nicht um Einheimische handeln konnte. Und plötzlich sprach uns einer dieser beiden an. Er wollte wissen, wo es hier in den Devils Corner gehe, ohne zu wissen, dass er sich bereits mittendrin befand. Beide trugen eine moderne Video-Watch am Arm, und filmten damit alles Mögliche. Es war ihnen sogar etwas peinlich, dass sie filmten, aber uns machte das nichts aus. Wir witterten unsere Chance und fragten, was sie hier täten. Die beiden erzählten uns, dass sie aus Europa seien und eine große Reise um die Welt unternehmen würden. Und sie hätten vom Devils Corner gehört und wollten sich diesen Ort einmal ansehen. Also boten wir ihnen an, sie herumzuführen, natürlich für Geld. Sie boten uns zehn Dollar, was für uns unvorstellbar war. Zehn Dollar fürs Herumspazieren! Das war leicht verdientes Geld.

Also zeigten wir den beiden Besuchern die Hütte meiner Familie. Dann gingen wir zur Schule und zeigten ihnen auch die kleine christliche Kirche. Anschließend gingen wir zu den Garbage-Plätzen und beobachteten die Garbage-Trucks beim Entladen. Die beiden dürften sehr beeindruckt von diesem Leben gewesen sein. Ständig filmten sie, was ihnen aber zusehends unangenehmer wurde. Einer der beiden machte sich auch immer wieder Sprachnotizen. Sie ließen sich von uns erklären, wie wir unsere Hütten bauten, ob es bei uns auch Medikamente gab, wie oft wir zum Garbaging gingen, mit wie vielen Jahren wir damit begonnen hätten, und so weiter.

Der ganze Besuch dauerte nur drei, vier Stunden, hat Karims Leben aber stark beeinflusst. Von diesem Zeitpunkt an wusste er, dass er weg aus dem Devils Corner, weg aus Kairo, weg von diesem Leben in Dreck und Gestank musste. Bei mir hatte sich dieser Drang damals noch nicht so stark entwickelt, aber für Karim gab es nur dieses Ziel.

Karim und ich verbrachten die nächsten zwei Jahre weiterhin zwischen Garbaging und Händlern, stinkenden Hütten, ersten Freundinnen und selbstgebastelten Sprengsätzen. Eigentlich führten wir ein erbärmliches Leben. Wir machten uns aber wenig Sorgen um unsere Zukunft. Unser Leben war die Hoffnung auf ein anderes, besseres Leben. Wir hatten nichts zu verlieren, da wir nichts besaßen – vielleicht nennt man das *„Freiheit"*.

Eines Tages beschloss Karim auszubrechen und fortzugehen. Er wollte mit einem Garbage-Truck zum Bahnhof in den Norden von Kairo mitfahren und dann mit der Eisenbahn nach Saudi-Arabien. Von dort, so meinte er, könnte man leicht nach Südostasien, wenn man ein gewisses Risiko einginge. Wir hatten darüber nie ausführlich gesprochen, aber ich ahnte, dass er etwas Gefährliches vor hatte. Von der reichen arabischen Halbinsel wurde nämlich das synthetisch hergestellte Soma, eine hochkonzentrierte Designerdroge, nach Südostasien geschmuggelt und von dort weiter nach China transportiert. Für den Weg von Saudi Arabien nach Thailand wurden Drogenkuriere gesucht. Karim wollte eigentlich mit diesen Drogen nichts zu tun haben, aber sein Drang in eine bessere Welt war zu groß. Er musste das Risiko eingehen, von der *„International Drug Force"* gefasst und lebenslang nach Mauritius, dem größten und schlimmsten Inselgefängnis der Welt, gebracht zu werden.

Karim hat sich nicht von mir verabschiedet. Das passte zu ihm.

Er war damals kurz vor seinem siebzehnten Geburtstag und redete nicht nur davon. Er tat es wirklich. Er wollte in eine andere Welt eintauchen, selbst wenn er dafür viele Risiken eingehen musste. Er hat es aber nicht geschafft.

Am 2. Mai 2057, am späten Nachmittag, kam ein Freund die Müllhalde herab und überbrachte mir die Botschaft. Karim war es offenbar gelungen, den Fahrer eines Garbage-Trucks zu überreden, ihn mitzunehmen. Allerdings stieß der Garbage-Truck nach wenigen Kilometern mit einem City-Train zusammen. Sowohl der Fahrer als auch Karim waren sofort tot. Passiert war das Ganze einen Tag zuvor, am 1. Mai, in der Zone 17.

Als ich diese schreckliche Nachricht erhielt, wusste ich nicht, was ich denken sollte. Ich glaube, ich habe mich zunächst einfach in den Müll gesetzt und an nichts gedacht. Ich war nicht traurig, ich war nicht durstig, ich fühlte ganz einfach nichts. Etwas später begannen dann Erinnerungen wach zu werden. Ich erinnerte mich an die lustigen und traurigen Tage, die wir verbracht hatten. An seine Freundinnen, die er oft auch sehr verletzt hatte. An seine exzessiven Dreams und die Sprengstoffexperimente. Aber auch an ruhige Stunden, an denen er mir einfach von seinen Träumen über ein anderes, besseres Leben erzählte. An seinen Mut, überall anzuecken und zu rebellieren. An seine freche Art, sich mit allen anzulegen. Und an seinen Stolz, der ihn – und manchmal auch mich – in unangenehme Situationen gebracht hat, wenn er sich mit verfeindeten Jugendbanden angelegt hatte und wir zu zweit einer Horde von jungen Leuten gegenüberstanden, die nur darauf warteten, dass wir ihnen einen Grund zum Zuschlagen lieferten.

Karim wurde nicht einmal siebzehn Jahre alt, aber er hat mehr gelebt als die meisten Menschen, die ich kannte und kennenlernen sollte. Und das passte auch in meine Theorie vom Lebenskonto. Jeder Mensch bekommt bei seiner Geburt ein Lebenskonto, das aus schönen und schlimmen Erfahrungen, aus Glück, Hoffnung, Liebe, Glaube, Freude, aber auch aus Leid, Krankheit, Schmerz und Misserfolg besteht. Außerdem besteht so ein Lebenskonto auch aus zwischenmenschlichen Beziehungen, aus Kommunikation, aber auch aus Leid, das man anderen zufügt. Und wenn man alles durch hat, dann ist das Lebenskonto auf null und das Leben ist zu Ende.

Wahrscheinlich war an diesem 1. Mai das Lebenskonto von Karim auf null. Wahrscheinlich hatte er schon alles, was er anderen Menschen an Freude geben konnte, aber auch an Leid zufügen konnte, getan. Wahrscheinlich hat er schon alle schönen und schlimmen Erlebnisse *„er-lebt"*. Das Konto war offensichtlich auf null und einen Überziehungsrahmen für ein Lebenskonto gibt es nicht. Zumindest nicht für Menschen aus dem Devils Corner.

Kapitel 4

Name: Richard Altmann.
Nationality: Czech Republic.

Karims Tod ließ mich auch später immer wieder nachdenken. Ich hatte keine Eltern mehr, mehrere meiner Geschwister waren tot, mein bester Freund war gestorben. Und unsere Zukunft war klar: Garbaging, Händler, Garbage-Trucks, Wasser aus Kanistern, Hütten, Schmutz, Gestank. Vielleicht auch einmal eine Familie mit einer eigenen Hütte und dann auch wieder Garbaging und Überleben. Und auch für das Überleben der Kinder sorgen. Aber da war auch der Funke Hoffnung, den uns Karim vorgelebt hatte. Ausbruch aus dem Devils Corner, weg aus Kairo. Ein neues Leben beginnen. Es dauerte lange, bis auch ich den Entschluss gefasst habe, ein neues Leben zu beginnen. Ich habe nur mit zwei Menschen darüber gesprochen, mit meiner Schwester Yanaia und mit meinem Lehrer.

Ich glaube, meine Schwester Yanaia hatte ohnehin schon länger gespürt, dass ich den Wunsch hatte, aus dem Devils Corner auszubrechen. Da sie lange Zeit der Ersatz für meine Eltern war, kannte sie mich sehr gut. Als ich ihr von meinem Entschluss erzählte, war sie nicht sehr begeistert. Für sie selbst wäre ein Ausbruch aus dem Devils Corner nicht in Frage gekommen. Sie hatte einen Freund. Sie wollte eine Familie gründen und in unserer Hütte weiterleben.

Mein alter Lehrer erfuhr auch von meinen Plänen, und ich glaube, er sah das Ganze sehr gespalten. Einerseits ahnte er, wie gering die Chancen sind, nach einer Kindheit im dreckigsten Winkel Kairos ein neues Leben in einer fremden Stadt oder sogar in einem anderen Land zu beginnen. Er wusste, wie gefährlich so ein Unterfangen war, wie viele Menschen dies immer wieder versuchten, aber scheiterten. Entweder an der Polizei oder an den strengen Behörden, die einen aufgriffen und – im besten Fall – zurück schickten. Man hörte aber auch immer wieder von Menschenschmugglern, die versprachen, Menschen für Geld oder andere Entlohnung aus Kairo zu schmuggeln, sie dann aber im Meer oder in der Wüste aussetzten und dem Tod überließen.

Andererseits sagte mir mein Lehrer auch, dass er es mir zutrauen würde, in einer anderen Welt zurechtzukommen. Der Grund läge darin, dass ich durch meine Zeit im Devils Corner gelernt hätte, unter äußerst einfachen, ja vielfach erniedrigenden Umständen zurechtzukommen und mich zu behaupten. Das wäre eine gute Basis für ein Leben außerhalb des Devils Corner.

Ich machte mir viele Gedanken darüber, wie und wann ich entfliehen würde. Wo ich hin könnte. Was ich dort tun könnte. Wie waren die Chancen in einem anderen Land, in einem anderen Leben? Sollte ich versuchen, mich in den Dienst von Menschenhändlern zu begeben, die einen nach Europa brachten und dort für diverse kriminelle Handlungen einsetzten? Sozusagen ein Kredit, den man mit Diebstahl, Schmuggel und Prostitution abarbeiten konnte. Oder sollte ich versuchen, auf eigene Faust als

Drogenkurier über Saudi-Arabien nach Südostasien zu gelangen? Sicher der riskanteste Weg, da die Drogenstraßen bekannt waren und dementsprechend engmaschig kontrolliert wurden. Nur wenige Drogenkuriere kamen an ihr Ziel.

Irgendwann habe ich von jemandem einen Tipp bekommen, eine Adresse in der Zone 14, an die ich mich wenden könnte. Von dort würde man einen Kontakt zu einem Südamerikaner herstellen, der sich auf Drogenschmuggel spezialisiert hatte. Er würde aber auch andere Arten des Menschenschmuggels anbieten. Er würde einen relativ sicher an sein Ziel bringen, man brauchte ihm nur zu sagen, was man anzubieten hätte. Viele hätten das angeblich auch schon genützt, auch unter sehr traurigen Umständen. Es gab viele junge Mädchen, die letztlich in der Prostitution landeten, es gab viele Frauen, die ihre Kinder buchstäblich verkauften, um ein anderes Leben zu beginnen. Es gab Menschen, die ihre Organe, vor allem eine Niere oder ein Auge, aber auch andere Körperteile wie Hände oder Füße, zu Geld machten und sich dadurch den Weg in ein besseres Leben erkauften. Wenn man sich an den Südamerikaner wendete, könnte alles sehr schnell gehen. Oft dauerte es nur wenige Stunden und man war bereits auf einem Schiff oder an Bord eines Flugzeuges Richtung Asien, Europa oder Amerika.

Ich begann, meinen Ausbruch aus dem Devils Corner zu planen. Es sollte Ende September sein. Ich hatte bereits über einen Bekannten Kontakt zu dem Südamerikaner, genauer gesagt zu einem seiner Kontaktleute in der

Zone 14, hergestellt. Er wusste, dass ich an diesem Tag zu ihm kommen würde. Und er wusste auch, was ich ihm anbieten konnte, damit er mich in ein anderes Leben bringt.

Am Tag vorher war ich bei meinem Lehrer. Ich wollte ihm mein Lieblingsbuch – *„Der kleine Prinz"* – zurückgeben. Ich hatte es so oft gelesen, jetzt sollten es auch andere lesen dürfen. Mein Lehrer merkte wohl sofort, dass ich bereit zum Aufbruch in eine andere Welt war. Wir unterhielten uns über belanglose Dinge. Keiner von uns beiden wagte es jedoch, das auszusprechen, was vor mir lag. Ich wollte es nicht ansprechen, da ich immer schon Angst vor dem Abschiednehmen hatte. Meinem Lehrer war das sicher bewusst, er hat mein Vorhaben auch nicht angesprochen. Wir unterhielten uns kurz über dieses wunderbare Buch und mein Lehrer ließ es sich nicht nehmen, mir das Buch zu schenken. Ich weiß noch genau, wie wir nochmals über diesen Satz sprachen. „Du bist zeitlebens für das verantwortlich, was du dir vertraut gemacht hast." Vielleicht erkannte er eine Verantwortung mir gegenüber, eine Verantwortung, die ich auch irgendwann an andere weitergeben sollte. Der letzte Abschied, die letzten Worte waren nicht ungewöhnlich, alles wie immer. Und doch wusste ich, dass ich ihn nie wieder sehen würde. Auch er wusste es.

Am Tag meines Aufbruches verabschiedete ich mich nur von Yanaia. Ich hatte sie ja in meine Pläne eingeweiht. Und nun war es soweit. Es war Nachmittag und ich hatte einen kleinen, grünen Stoffrucksack bei mir, in den ich einige Dinge einpackte. Yanaia und ich ahnten, dass es ein

Abschied für immer sein würde. Als ich meinen Rucksack nahm und ihr sagte, dass ich jetzt gehen würde, brach sie in Tränen aus. Ich weiß noch, dass ich ihr irgendetwas von einem Wiedersehen sagte, dass es schon gut gehen würde, dass ich sicher wieder einmal kommen würde und dass ich dann hoffentlich auch viele ihrer Kinder in die Arme nehmen könnte. Wir spürten aber beide, dass es kein Wiedersehen geben würde. Ich versuchte nicht zu weinen. Ich hatte mir vorgenommen, den Abschied nicht schwerer zu machen, als er ohnehin war. Aber meine Stimme stockte. Ich biss die Zähne zusammen und versuchte zu lachen. Meine Gesichtsmuskeln verspannten sich und ich schaute auf den Boden. Ich umarmte Yanaia, gab ihr einen Kuss und drehte mich um. Dann ging ich die kleine Holztreppe, die aus der Hütte führte, hinunter. Erst als sie mein Gesicht nicht mehr sehen konnte, ließ ich meinen Tränen freien Lauf. Ich weinte. Ich wollte mich nochmals zu ihr umdrehen, nochmals kurz unsere kleine Hütte betrachten, nochmals kurz Yanaia sehen und ihr zuwinken. Aber ich habe es bewusst vermieden. Es war eine große Überwindung für mich, aber ich wusste, ich durfte mich jetzt nicht mehr umdrehen. Der Schmerz würde für uns beide nur noch größer werden. Ich ging weiter, Schritt für Schritt. Yanaia stand wohl noch längere Zeit vor der Hütte und hoffte vielleicht, nochmals ein Lächeln von mir zu bekommen. Stattdessen ging ich weiter und weiter, mit Tränen, die mir die Wangen hinunterliefen. Erst als ich sicher war, dass mich Yanaia nicht mehr sehen konnte, nahm ich mein T-Shirt und wischte mir die Tränen aus dem Gesicht. Nun gab es kein Zurück mehr.

Ich hatte alles, was mir etwas bedeutete – meine Geschwister, vor allem Yanaia, meine Freunde, meinen Lehrer – zurückgelassen. Alles was ich besaß, hatte ich bei mir. Einfache Kleidung, einen alten Stoffrucksack, das Buch *„Der kleine Prinz"*, ein kleines, rosafarbenes Stoffschweinchen, das mir eine Freundin einmal zum Jahreswechsel geschenkt hatte, ein kleines Kruzifix von meinem verstorbenen Vater und eine kleine, versteinerte Schnecke, die mir Yanaia zum Abschied geschenkt hatte. Das Wichtigste jedoch, das ich mitnahm, waren Bilder. Hunderte, ja tausende Bilder in meinem Kopf. Jederzeit abrufbar. Ein unerschöpfliches Archiv voller Erinnerungen. Schöne und weniger schöne Erinnerungen. Sonnenschein und Regen. Freude und Schmerz. Lachen und Tränen. Liebe und Hass. Hoffnung, Glaube, Zweifel und Verzweiflung. Wieder einmal wurde mir bewusst, dass ich eigentlich nichts zu verlieren hatte. *„Freedom is just another word for nothing left to lose."* Aber war ich wirklich frei? Ich wusste es nicht. Und ich wusste nicht, dass noch so viel vor mir lag. Dass mein Lebenskonto noch ziemlich voll war und dass mir noch viel Schönes und noch mehr Schlimmes begegnen würden.

Ich fuhr also mit einem City-Train in die Zone 14 zu dem Südamerikaner. Ohne eine entsprechende Identity-Card war das Benützen der City-Trains strengstens verboten. Die Strafen waren äußerst hart. Wurde man ohne Identity-Card angetroffen, kam man in das Soziallager in Zone 22. Das Soziallager war ein riesiges Areal umgeben von hohen Mauern und Stacheldraht. Beim sogenannten *„Einchecken"* in das Lager bekam man eine Häftlingsnummer eintätowiert. Sozusagen *„Gezeichnet fürs*

Leben". Im Lager herrschten vielfach Anarchie und Vergewaltigung. Wurde man ohne Identity-Card in einem City-Train angetroffen, musste man für zwei Monate in das Soziallager. Mit solchen strengen Regeln wollte man verhindern, dass in einer so überfüllten Millionenstadt wie Kairo unberechenbares Chaos ausbrach. Aber ich hatte nicht sehr viel zu verlieren und die Fahrt in die Zone 14 klappte ohne Probleme.

Den Namen des Südamerikaners kannte niemand. Er war einfach nur *„der Südamerikaner"*. Auch seinen Aufenthaltsort wusste man nicht. Ich bekam nur eine Adresse einer Bar in der Zone 14, in der ich mich melden sollte. Dort kam ich am späten Abend an. Die Zone 14 war eine Gegend voller Gewalt, Drogen und Prostitution. Sie war ähnlich verrufen wie der Devils Corner, aber auf eine andere Art. Verrufen wegen der organisierten Kriminalität und Prostitution.

Die Bar lag in einer sehr belebten, aber sehr düsteren Gegend und wirkte unscheinbar. Der Name der Bar war *„Hannibal"*. Vor der Tür standen drei Mädchen, Prostituierte, von denen mich eine sofort ansprach. Das Mädchen war sehr jung, vielleicht dreizehn oder vierzehn Jahre. Eigentlich nichts Ungewöhnliches. Es gab viele junge Mädchen, die ihren Körper verkauften, besonders in der Zone 14. Ich gab dem Mädchen keine Antwort und ging an ihr vorbei in die Bar. Es war sehr heiß, die Luft war verraucht und schmutzig. Ich stellte mich vorerst neben den Eingang, von wo aus ich mich einige Minuten lang umsah. Irgendwann entdeckte mich eine ältere Frau und kam auf mich zu. Sie fragte mich, wie alt ich sei und was ich hier suchte. Wahrscheinlich gab ich mit meinem jugendlichen Aussehen und meinem grünen Rucksack ein lächerliches Bild ab. Ich gab ihr keine Antwort, sondern sagte nur *„Kakdjela"*. Es war russisch und bedeutete so viel wie *„Wie geht's?"*. Sie antwortete *„Charascho"*, *„Gut"*. Meine Antwort darauf war *„Sergej Ostankinow"*. Das war der vereinbarte Dialog, mit dem ich mich zu erkennen geben sollte. Die Frau musterte mich von oben bis unten. Sie fragte sich wohl, ob ich es ernst meinen würde mit meinem gefährlichen Vorhaben. Aber da ich den Dialog kannte, erhielt ich ihren Respekt. Sie führte mich, vorbei an den übrigen Gästen, in ein Hinterzimmer, wo ich kurz Platz nehmen sollte. Sie gab mir eine Dose MedCoke und bat mich zu warten. Ich war alleine im Raum und spürte Spannung, Abenteuer, aber auch Angst. Ich war nicht so cool wie Karim, aber ich wusste, dass ich es durchziehen würde. Nach einigen Minuten kam ein Mann durch die Tür. Er war groß, hatte einen Stoppelbart und wirkte sehr ruhig. Er machte einen sehr erfahrenen Eindruck auf mich. Das Gefühl der Verbundenheit, das ich zu spüren begann, verdrängte ich. Ich fragte ihn, ob er der Südamerikaner sei, der mich nach Asien bringen könnte. Jemand anderer hätte wahrscheinlich gelacht, aber dieser Mann schüttelte nur ruhig den Kopf.

„Ja, richtig", antwortete ich ihm mit leiser und stotternder Stimme, als er von einem Zettel den Namen und Aufenthaltsort meiner Familie vorlas. Ich fühlte mich unendlich schlecht dabei. Ich schämte mich für das, was ich tat, was ich tun musste. Es war Teil der Abmachung, dass ich einige Wochen vorher mindestens drei Menschen bekanntgab, die mir sehr viel bedeuteten. Es machte keinen Sinn, zu lügen, wenn man es mit dem Südamerikaner zu tun hatte. Die Daten, die Beziehungen und Verhältnisse zu den bekanntgegebenen Menschen wurden vorher genau überprüft. Wie das gegangen ist, weiß ich nicht. Aber meine Familie, meine Geschwister, Yanaia, mussten als Bürgen herhalten. Als Bürgen dafür, dass ich auf meiner Flucht in ein besseres Leben keine Tricks anwende. Ich musste also nicht nur mich, sondern auch Menschen, die mir sehr viel bedeuteten, den Drogenhändlern ausliefern.

„Ja, richtig. Ich lebe im Devils Corner. Ich werde das durchziehen“, sagte ich also.

Der Mann führte mich durch eine Hintertür zu einem Auto, in dem bereits ein Fahrer saß. Ich musste auf dem Rücksitz Platz nehmen und der Fahrer gab mir einen schwarzen Strumpf, den ich mir über den Kopf ziehen musste. Es war eine Schutzmaßnahme, damit ich den Ort, an dem ich die Drogen bekommen sollte, nicht erkennen und vielleicht verraten könnte. Wir fuhren ungefähr zwei Stunden herum. Ich vermutete aber, dass wir uns nicht aus Kairo entfernten, sondern dass die lange Autofahrt ein Teil einer bewussten Verwirrung sein sollte. Als wir ankamen, wurde ich vom Fahrer am Arm genommen und über einige Treppen hinunter in einen Kellerraum geführt. Dort durfte ich den Strumpf abnehmen. Ich befand mich in einem dunklen Raum, in dem sich neben dem Fahrer noch zwei andere Männer befanden. Es war so dunkel, dass ich ihre Gesichter nicht erkennen konnte. Einer der beiden erklärte mir die Details meines Auftrages: Ich sollte ein halbes Kilo der Designerdroge Soma, die in

Kairo zwischengelagert wird, nach Europa, und zwar nach Prag, schmuggeln. Dort würden mir die Drogen wieder abgenommen und ich würde eine tschechische Identität und 3.000 Dollar bekommen. Zuerst war ich enttäuscht, da es ursprünglich vereinbart war, dass ich eine Strecke nach Asien nehmen sollte. Ich wollte doch in jene Länder, von denen mir Karim immer wieder erzählt hatte. Ich wollte doch das umsetzen, was Karim nicht geschafft hatte. Ich hatte es ihm in Gedanken doch so oft versprochen, dass ich an seiner Stelle nach Asien gehen würde. Von Europa wusste ich nichts. Ich kannte die Länder nicht, ich wusste nicht einmal wo Prag lag.

Mein Versuch, den Männern – einer davon war wohl der ominöse Südamerikaner – von unserer Vereinbarung zu erzählen, hatte wenig Erfolg. Sie waren nicht beeindruckt von meinem Begehren und wiederholten, dass mein Zielflughafen in Prag, in Ruzyne, sein würde.

Der Flug würde bereits in wenigen Stunden starten, es galt also, keine Zeit zu verlieren. Wieder musste ich den Strumpf über meinen Kopf ziehen und wir verließen den Kellerraum. Ich wurde zu einem Auto gebracht und dann begann nochmals eine Fahrt von einer halben Stunde. Als wir ankamen, wurde ich in einen Raum geführt und ich konnte den Strumpf wieder abnehmen. Ich befand mich in einem sauberen Raum. Dort waren ein Mann und eine Frau in ordentlicher Kleidung sowie ein weiterer, etwas ungepflegter Mann mit einer Waffe in der Hand. In der Ecke stand ein Metallbett mit einer Matratze. Ich musste mich hinlegen und die Frau erklärte mir den genauen Prozess. Ich sollte eine leichte Betäubung bekommen, die allerdings nur für einige Minuten anhalten würde. In dieser Zeit würde mir das Drogenkonzentrat, das sich in winzigen, für das menschliche Auge nicht erkennbaren Micro-Drops befinde, in meine Blutbahn gespritzt. Die Infusion würde schmerzlos sein. Die Micro-Drops würden bis zu meiner Defusion in Prag in meiner Blutbahn zirkulieren. In Prag würde ich dann für zwei Stunden an ein Defusionsgerät – eine Art feiner Filter – angehängt, das diese Micro-Drops wieder aus meiner Blutbahn entfernen würde. Diese Art des Drogenschmuggels hatte sich in den letzten Jahren als die effizienteste erwiesen. Das Drogenkonzentrat in den Micro-Drops war für ein herkömmliches Röntgengerät an den Flughäfen nicht sichtbar. Die einzige Möglichkeit, die Drogen zu erkennen, waren Bluttests, die auch an den Flughäfen immer wieder durchgeführt wurden. Sofern man aber diese Hürde geschafft hatte, sollte es keine Probleme mehr geben. Auch die anfänglichen Schwierigkeiten bei der Defusion hatte man im Laufe der Jahre gut in den Griff bekommen, sodass dabei kein großes Risiko mehr bestand.

„Bist du bereit?“, fragte mich die Frau. Ich nickte, legte mich auf das Bett und sie injizierte mir das Betäubungsmittel in meinen rechten Arm. Ich spürte eine gewisse Benommenheit, aber ich blieb bei Bewusstsein. Dann legte die Frau eine Infusionsschiene und ich sah, wie die Flüssigkeit mit dem Drogenkonzentrat in meinen Körper drang. Das ganze dauerte tatsächlich nicht mehr als zwei, drei Minuten, in denen ich die überaus wertvolle Fracht in meinem Körper aufnahm. Ich blieb noch eine halbe Stunde liegen und mir wurden noch einige Details erläutert. Ich würde eine saubere Kleidung bekommen, einen Pass, einige Bücher und Hefte, einen Reiseführer für Prag und einige Geschenke, die ich mitzunehmen hätte. Meinen Rucksack müsste ich hier lassen, den Inhalt dürfte ich jedoch mitnehmen. Sollte ich nach meinem Reisezweck gefragt werden, dann müsste ich antworten, dass ich einen Brieffreund meines Lehrers besuchte. Mir wurde ein fingierter Name und eine Adresse genannt und ein Bild von ihm gegeben. Sollte ich tatsächlich einen Bluttest machen müssen und der Schmuggel würde auffliegen, würde mir wahrscheinlich von den Drogenfahndern mitgeteilt werden, dass mir das Drogenkonzentrat nicht entfernt werden würde und ich langsam und grausam sterben würde. Das sei in der Regel eine reine Drohung. Die Drogenfahnder hätten nämlich ein hohes Interesse daran, die Micro-Drops aus meinem Körper zu nehmen und zu untersuchen, um daraus neue Erfahrungen in der Drogenbekämpfung zu gewinnen. Sollte ich irgendwelche Angaben zum Drogendeal machen, würden meine Geschwister tödliche Unfälle erleiden. Sollte ich in Prag an dem vereinbarten Ort und zur vereinbarten Zeit ankommen, würde mir das Drogenkonzentrat aus dem Blut genommen werden und ich könnte mein neues Leben genießen.

Inzwischen war es zwei Uhr nachts. Ich verspürte keine Müdigkeit, da ich von der Frau auch einige Aufputschmittel bekommen hatte. Ich hätte aber auch ohne diese Mittel nicht schlafen können. Ich war viel zu aufgeregt. Es vergingen noch zwei Stunden, in denen ich mit der Frau in einem Zimmer saß. Wir sprachen über nichts Persönliches. Die Konversation beschränkte sich auf das Abprüfen meiner fingierten Ausweisdaten, des angeblichen Grundes meines Besuches in Prag und des gesamten Ablaufes, wie Einchecken, Gateway, Personal-Scan und Checkpoint. Die Frau fragte mich immer wieder, obwohl ich ihr die Daten stets sehr präzise nennen konnte. Ich glaube, dass es für die Drogenhändler um sehr viel Geld gegangen ist, und sie wollten jedes Risiko minimieren. Um vier Uhr früh war es dann soweit. Ich musste nochmals den schwarzen Strumpf über den Kopf ziehen und wir stiegen in ein Auto. Die Frau setzte sich ans Steuer, ich nahm mit einer Begleitperson am Rücksitz Platz. Nach ungefähr einer Stunde durfte ich den Strumpf abnehmen und ich sah, dass wir kurz vor dem Kairo International Airport waren. Wir fuhren vor den Haupteingang. Ich nahm meine Sachen und stieg aus dem Auto. Ab jetzt war ich auf mich alleine gestellt. Ich versuchte mich zu orientieren, und las an einer großen Video-Wall ab, wo ich mich auszuweisen hätte und bei welchem Gateway ich durch den Personal Scan müsste. Ich ging zum ersten Checkpoint, wo ich meine Identity Card vorwies. Der Sicherheitsbeamte nahm die Card und steckte sie in das WP-Gerät. Dieses Gerät konnte meine Identität mit sämtlichen Terrorbekämpfungs- und Verbrechensdateien der Welt abgleichen und innerhalb weniger Sekunden feststellen, ob ich eine sogenannte WP bin. WP stand für *„Wanted Person"*. Das WP-Gerät war kein Problem für mich, da ich eine sehr sorgfältige Fälschung einer Identity Card von den Drogenhändlern bekommen hatte. Innerhalb weniger Sekunden bekam ich meine Karte zurück und wurde mit einem freundlichen Lächeln auf Gateway 29 verwiesen.

Ich ging sofort dorthin und wollte nur noch eines. Ich wollte möglichst rasch durch den Personal Scan. Im Personal Scan wurde der gesamte Körper durchleuchtet. Bei diesem Scan war es auch möglich, diverse Drogen, die mittels Plastikbällchen im Magen transportiert wurden, zu erkennen. Der Scan konnte jedoch die Micro-Drops, die sich im ganzen Körper gleichmäßig verteilten, nicht erkennen. Vor mir standen schon mehrere Personen und warteten auf den Scan. Ich kam immer näher zum Scan-Personal und dem Scan-Gerät. Vor mir ging ein Mann, einige Jahre älter als ich. Er wirkte unausgeschlafen und nervös. Man merkte, dass er sich nicht wohl fühlte. Er musste durch den Scan und alles schien normal zu laufen. Doch plötzlich hörte ich eine Stimme im Hintergrund. „Würden Sie bitte mit mir mitkommen." Ich zuckte zusammen. Sollte schon alles vorbei sein, noch bevor es begonnen hatte? Gemeint war jedoch nicht ich, sondern der Mann vor mir. Der wurde jetzt noch nervöser. Er wusste nicht, was er machen sollte. Plötzlich kamen zwei Security Guards, die ihn an den Armen nahmen. „Wir würden gerne einen Bluttest mit Ihnen machen. Bitte machen Sie keine Schwierigkeiten." Der Mann biss sich auf die Lippen und ging wortlos mit. Ich würde wohl nie erfahren, ob er den Bluttest bestanden hat, ob er in Prag angekommen ist oder ob er auf Mauritius Gewalt, Krankheit und Tod erfahren hat.

Die ganze Szene dauerte vielleicht zwanzig Sekunden. Die umstehenden Personen nahmen die Szene zwar wahr, sie war aber für niemanden von besonderem Interesse. Als ich durch den Scan musste, dachte ich an nichts. Ich hatte keine Gedanken und war plötzlich ganz ruhig. Die vielleicht größte Hürde in meinem Leben. Entscheidung zwischen Freiheit in Europa oder Tod auf Mauritius. „Alles in Ordnung, bitte weitergehen", sagte die Stimme am Scan-Gerät. Nur keine Freude zeigen, kein Zucken, kein Aufleuchten der Augen. Einfach weitergehen, so wie es mir die Frau erklärt hatte. „Danke", kam es mit selbstsicherer Stimme aus meinem Mund und ich ging weiter. Es war ein unbeschreibliches und unvergleichliches Gefühl. Ich fühlte mich so groß und stark. Ich fühlte mich erwachsener als ein Erwachsener. Nicht mehr ich war ein Teil der Welt. Die Welt war ein Teil von mir und in diesem Moment dachte ich, dass ich alles erreichen könnte, was ich nur wollte. Ich fiel in eine Art Dream-Rausch, ausgelöst durch Mut, nicht durch verbranntes Plastik. Und der Rausch war real.

Ich musste jetzt nur noch mein Gepäck, ein paar Kleidungsstücke in einem kleinen Koffer, abgeben. Die wichtigen Dinge, nämlich den *„kleinen Prinzen",* das rosa Glücksschwein, das Kruzifix und die versteinerte Schnecke nahm ich mit in das Flugzeug. Es dauerte noch dreißig Minuten und ich saß zum ersten Mal in meinem Leben in einem Flugzeug. Auf dem Weg in eine bessere Welt, wie ich damals dachte.

Ich saß in einem mittelgroßen, doppelstöckigen Airbus, der Platz für annähernd 600 Personen bot. Alle Plätze waren belegt. Ich saß im unteren Geschoß weit hinten. Ich war noch immer sehr angespannt. Obwohl ich todmüde war, konnte ich nicht schlafen. Ich wusste zwar, dass mir jetzt nichts mehr passieren konnte, da es bei der Ankunft in Prag keine Kontrollen mehr geben würde.

Aber ich hatte so viele Gedanken im Kopf, die ich zu ordnen versuchte. Es gelang mir nicht. Jeder Gedanke löste sofort eine eigene Geschichte aus, verbunden mit Freude oder Angst. Ich dachte an die Zukunft und überlegte, was mich wohl erwarten würde.

Der Flug dauerte nicht mehr als eine Stunde. Merkwürdig, dachte ich: Nur eine einzige Stunde trennten den Müllberg im Devils Corner von der Freiheit in Prag. Eine denkbar kurze Zeit. Ein zeitlicher Tunnel, durch den man geht und am anderen Ende wartet ein anderes Leben. Plötzlich spürte ich, dass die Turbinen an Kraft verloren und das Flugzeug den Sinkflug begann. Nach wenigen Minuten traten wir durch eine Wolkendecke und das Land kam zum Vorschein. Langsam erkannte ich Wälder und Wiesen, kurz darauf auch besiedelte Gebiete und größere Gebäude. Der Airbus setzte zum Landen an und erst jetzt wurde mir bewusst, wie groß und schwer das Flugzeug war. Mit welcher Gewalt so viele Tonnen auf der Landebahn aufsetzten. Wenige Sekunden nach dem Aufsetzen stand das Flugzeug bereits, rollte zu einem Gateway und dockte an einen der Twin-Docks an. Durch diese übereinander liegenden Docks konnten die Fluggäste aus dem oberen und dem unteren Geschoß gleichzeitig das Flugzeug verlassen. Ich ging weiter durch die großen Hallen zum Ausgang, setzte mich in eines der vielen Taxis und sagte dem Lenker die Adresse, die mir die Drogenhändler genannt hatten.

Nach einer halben Stunde kamen wir in einer unscheinbaren Gasse in einem Vorort von Prag an. Als ich ausstieg, kamen mir bereits zwei Männer entgegen.

Während der eine das Taxi bezahlte, forderte mich der andere zum Mitkommen auf. Ich bekam wieder einen schwarzen Strumpf über den Kopf gezogen und wurde in ein Auto gesetzt. Dann fuhren wir ungefähr eine halbe Stunde an einen anderen Ort. Dort wurde ich in ein Haus geführt und mir wurde der Strumpf vom Kopf genommen. Es war ein schmutziges, düsteres Haus, in dem wohl niemand wohnte. Wir gingen in den Keller und weiter durch eine versteckte Tür in einen Raum. Dieser war mit einem Bett, einem Tisch und mit mehreren Stühlen ausgestattet. Es gab auch einen alten Glasschrank, in dem einige Handtücher, Tablettenschachteln und ein paar Spritzen, verpackt in Folien, erkennbar waren. Einer der Männer sagte zu mir, dass ich mich auf das Bett legen sollte. Dann gab er mir eine Injektion, von der ich benommen, sehr zufrieden und fast ein bisschen glücklich wurde. Es war eine Betäubung, vermischt mit euphorisierenden Mitteln. Dann wurde mir wieder eine Infusionsschiene gelegt und die Defusion begann. Nach zwei Stunden am Defusionsgerät waren alle Micro-Drops aus meinem Körper entfernt. Einer der Männer gab mir dann noch eine Infusion, die angeblich zur Stabilisierung meiner Blutwerte diente. Dann wurden mir die versprochene tschechische Identity-Card und die 3.000 Dollar gegeben. Die Identity-Card lautete auf meinen neuen Namen, den ich mir bereits vor der Abreise aussuchen durfte: Richard Altmann. Richard, mein neuer Vorname, sollte mich immer an diesen Richard Branson erinnern, für den nichts im Leben unmöglich war. Warum ich Altmann wählte, wusste ich nicht so genau. Ich hatte wohl irgendwann einmal diesen Namen gehört oder gelesen und er gefiel mir auf Anhieb. Also Richard

Altmann. Ich war richtig stolz auf meinen neuen Namen und meine neue Identität. Sie waren das äußere Zeichen eines neuen Anfangs, eines neuen, hoffentlich besseren Lebens. Und ich war natürlich auch stolz auf den geglückten Abschluss meines Drogenschmuggels, das unvorstellbar viele Geld und meine neue Heimat.

Ich hatte schon viel darüber nachgedacht, was ich in Tschechien machen würde. Zuerst wohl die Stadt besichtigen. Einen Job suchen, vielleicht als Taxifahrer. Vielleicht als Tankwart oder im Service bei einer großen Tankstation. Vielleicht auch eine Ausbildung zum Koch machen und dann in einem Hotel arbeiten. Es gab so viele Möglichkeiten, und nachdem mir jetzt die härteste Prüfung meines Lebens so gut geglückt war, schien mir nichts unmöglich.

Einer der Männer gab mir wieder den schwarzen Strumpf, den ich mir über den Kopf ziehen musste, und brachte mich ins Zentrum von Prag. Er blieb in einer Seitenstraße stehen, nahm mir den Strumpf vom Kopf und nannte mir ein billiges Hotel, in dem ich für die ersten Wochen wohnen könnte, ohne dass mir jemand unangenehme Fragen stellen würde. Ich fuhr mit einem Taxi in das Hotel, ging in mein Zimmer, legte mich auf das Bett. Ich nahm mir meine Identity-Card zur Hand und las immer wieder meinen Namen: Richard Altmann. Nationality: Czech Republic. Dann nahm ich das kleine Kruzifix aus der winzigen Ledertasche und dankte Gott, dass ich in diesem Moment an diesem Ort sein durfte. Mittlerweile war es Abend und ich schlief ein.

Es war wohl schon um die Mittagszeit, als ich am nächsten Tag aufwachte. Erst jetzt wurde mir bewusst, dass ich zum ersten Mal in einem Hotel, in einem eigenen Zimmer mit Bad und Dusche, mit einer kleinen Video-Wall und einem eigenen Schrank für Kleidungsstücke übernachtet hatte. Ich wollte für die nächste Zeit in diesem Hotel und in dieser Stadt bleiben. Ich wollte mir die Stadt ansehen und auf die Suche nach einem Job gehen.

Prag hatte ungefähr zwölf Millionen Einwohner. Fast die Hälfte davon waren Ausländer, vor allem Amerikaner, Ukrainer, aber auch Vietnamesen und Thailänder. Die Landessprache war Englisch und hatte das alte Tschechisch nahezu vollständig verdrängt. Prag galt als eine sehr schöne alte Stadt mit einer großen Geschichte. In den ersten Tagen ging ich einfach durch die Stadt, wobei ich mich vor allem im Zentrum aufhielt. In diesem Prager Kernbezirk lebte fast eine Million Menschen, von denen angeblich viele am Wochenende in die ländlichen Gegenden außerhalb der Stadt fuhren. Obwohl ich nicht viel von Kunst und Geschichte verstand, wurde mir sehr rasch die geschichtliche Bedeutung Prags bewusst. Prag war geprägt von mittelalterlichen Strukturen und sehr schönen Bauwerken. Im alten Stadtkern am rechten Moldauufer gab es wunderschöne Plätze mit so fremdlautenden Bezeichnungen wie Staromestske Namesti, Betlemske Namesti oder Namesti Republiky. Am schönsten war der auf dem kleinen Berg über der Moldau gelegene Stadtteil Hradschin mit dem riesigen Gebäudekomplex der Prager Burg und den Palästen, Kirchen und Klöstern. Ich ging fast täglich auf den

Hradschin, da man von hier aus einen wunderschönen Ausblick auf die Altstadt hatte.

Kapitel 5

Monika Stefanikova
oder was es bringt, mit 33 Jahren am Kreuz zu sterben.

Ein außergewöhnlicher Ort in Prag ist die Karlsbrücke. Als ich sie das erste Mal überquerte, war es für mich nichts Besonderes. Erst beim dritten oder vierten Mal erkannte ich die Schönheit dieses Ortes. Es waren Musiker und Künstler, Einheimische, Verliebte, Maler und viele Vögel dort. Ich liebte diesen Ort, da er mir das erste Mal auch eine gewisse Geborgenheit in meiner neuen Welt gab.

Ich war eine Woche in Prag, als ich an einem warmen, späten Oktobernachmittag wieder einmal über die Karlsbrücke ging. Die Sonne warf bereits lange, schwarze Schatten auf das gelblich schimmernde Kopfsteinpflaster. Ich lehnte mich an das niedrige, steinerne Brückengeländer und beobachtete einen der Maler. Es war ein junger Mann mit Bart und langen, dunklen Haaren. Ich war verwundert über sein Motiv. Es war nämlich nicht die Brücke, die Altstadt oder ein Gebäude. Es waren auch keine Portraits oder Karikaturen. Es war das Bild von spielenden Kindern vor kleinen, hölzernen Hütten. Es war fast wie im Devils Corner und ich fragte mich, ob dieser Maler vielleicht einmal in meiner Gegend in Kairo gewesen war. Aber es gab wohl in jeder großen Stadt einen Devils Corner. Ich lehnte eine Weile in Gedanken versunken am steinernen Brückengeländer, als ich eine Stimme hinter mir hörte. „Ein sehr schönes

Bild.“ Ich drehte mich instinktiv um, obwohl ich nicht wusste, ob die Stimme mir galt. Ich erkannte ein junges Mädchen. „Ein sehr schönes, aber auch nachdenkliches Bild. Glückliche Menschen, aber eine nicht sehr schöne Gegend“, sagte das Mädchen. Ich zögerte mit einer Antwort. Ich schämte mich für einen kurzen Augenblick für meine Kindheit im Devils Corner. Natürlich war die Gegend nicht so schön wie die wunderbare Altstadt von Prag. Aber meine Herkunft, und damit meine Eltern, meine Geschwister, meinen Lehrer, meine Freunde verleugnen? Nein, das konnte ich nicht, das wollte ich nicht. Dazu war ich zu stolz. „Ich glaube, dass es nicht sehr wichtig ist, woher man kommt, sondern wer man ist“, antwortete ich mutig und selbstbewusst. Das Mädchen war überrascht von meiner Antwort. Das hatte sie nicht erwartet. Fast entschuldigend gab sie mir recht. „Vielleicht erkennen gerade die Kinder auf diesem Bild die Schönheit der Welt. Vielleicht ist es notwendig, in Slums aufzuwachsen, um die Schönheit der Welt zu erkennen“, sagte ich weiter. Das Mädchen nickte und fragte mich, woher ich komme. „Aus Ägypten, Kairo. Aus einer Gegend, die ungefähr so aussieht wie die Gegend auf dem Bild.“ Das Mädchen wurde plötzlich sehr still und entschuldigte sich. Aber sie hatte recht. Die Kindheit auf einem Müllberg zu verbringen, das ist ja wirklich nichts Aufregendes. Sie fragte mich, ob ich alleine hier sei und ob ich Zeit hätte, mit ihr auf einen Kaffee zu gehen. Sie wollte sich wohl bei mir entschuldigen. Ich war etwas überrascht und freute mich. Es war der erste wirklich persönliche Moment seit vielen Tagen, was sehr wohl tat. „Sehr gerne“, antwortete ich und ein paar Minuten später saßen wir am Ufer der Moldau auf einer wunderschönen Terrasse.

Das Mädchen hieß Monika Stefanikova, war neunzehn Jahre alt und gebürtige Tschechin. Sie war mir vom ersten Augenblick an sehr sympathisch. Sie hatte ein sehr junges, hübsches Gesicht, dunkelbraune Augen und dunkelbraunes, dichtes Haar, das ihr bis zu den Schultern reichte. Die Haare waren sehr durcheinander, fast etwas ungepflegt. Dadurch bekam ihr Wesen aber einen etwas abenteuerlichen Charakter. Ihre Art erinnerte mich an eine *„gypsy woman"*, an eine Zigeunerin. Oder einfach nur an die gepflegt wirkenden ungepflegten Teenager im Devils Corner. Sie war etwas kleiner als ich und machte einen ruhigen Eindruck. Sie lächelte nur ganz wenig, was diese Ruhe noch unterstrich. Ihr eigentliches Lächeln kam von innen. Man spürte, dass sie viel Sonne im Herzen tragen musste. Sie hatte eine enge Jeans an und ein einfaches, weißes T-Shirt mit der Aufschrift *„Life is a bitch!"*

Monika erzählte mir, dass sie öfters in der Prager Altstadt spazieren gehe. Sie liebte diese Stadt, die alten Häuser und die Menschen hier. Sie wohnte in einem Bezirk etwas außerhalb des Stadtzentrums, ganz in der Nähe meines Hotels. Sie hatte dort ein kleines Appartement mit zwei Zimmern, Küche, Bad und einem kleinen Balkon auf eine eher laute Straße. Ihr Vater war vor vielen Jahren gestorben, ihre Mutter lebte zurückgezogen in einem kleinen Sozialwohnheim. Monika hatte kaum Kontakt zu ihrer Mutter, die aufgrund ihrer Depressionen viele

Medikamente einnehmen musste und daher ihr Umfeld kaum wahrnehmen konnte.

Monika erzählte mir auch, dass sie nur einen kleinen Freundeskreis hier in Prag hätte, da sie die ganze Woche in Polen, in Krakau, verbrachte. Dort studierte sie an der Universität Literaturwissenschaften und Philosophie. Sie begann jetzt ihr drittes Semester. Als sie mir von ihrem Studium erzählte, strahlte sie eine gewisse Freude aus. Man erkannte sofort, dass sie von Literatur und Philosophie begeistert war. Im ersten Moment war ich etwas verwirrt. Wie sollte ich mit meiner geringen Schulbildung ein Gesprächspartner für so einen gebildeten Menschen sein. Ich glaube, sie erkannte meine Gedanken und beendete ihre Erzählungen über ihr Studium. Sie fragte mich, was ich hier mache. Was sollte ich sagen? Von Kairo aus als Drogenkurier aufgebrochen in eine neue Welt? Mit einem Drogenkonzentrat im Blut, an dem hunderte, vielleicht tausende Menschen ein kurzes Glück und danach Abhängigkeit und Tod erfahren sollten? Mit meinen Geschwistern als lebendigem Pfand, für den Fall, dass etwas schiefgeht? Was wäre, wenn sie Kontakte zur Polizei hatte und mich verraten würde? Mir gingen in diesem Moment viele Gedanken zwischen Lüge und Wahrheit durch den Kopf. Aber ich spürte ein gewisses Vertrauen und ich riskierte es: Ich erzählte ihr von meinem Leben, wo ich aufgewachsen und wie ich hierhergekommen war. Sie hörte mir gespannt zu. Ich war etwas verwundert darüber, dass sie meine Geschichte mit einer solchen Ruhe verfolgte. Und ich war erleichtert, als ich fertig war und sie noch immer neben mir saß.

Ich glaube, dass wir zwei oder drei Stunden auf der Terrasse saßen. Die Sonne war mittlerweile untergegangen, es war bereits etwas kühl und sie sagte, dass sie jetzt gehen müsse. Ich war froh, als sie mich fragte, ob ich sie wieder einmal treffen möchte. Natürlich bejahte ich und gab ihr die Adresse und die Telefonnummer meines Hotels. Sie gab mir ebenfalls ihre Adresse und Telefonnummer. Wir verabschiedeten uns und sie gab mir einen etwas schüchternen Kuss auf die Wange. Vielleicht war das der Augenblick, als unsere Liebe begann.

Monika und ich trafen uns am nächsten Wochenende wieder. Sie lud mich zu sich nach Hause ein. Für mich war es wie das Paradies. Sie hatte eine eigene Wohnung, eigene Zimmer, eine Küche und ein Bad mit fließendem Wasser. Alles scheinbare Selbstverständlichkeiten, die für mich doch so neu waren. Sie bereitete ein großartiges Essen vor und ich war beeindruckt von ihrem Geschick und ihrer Gastfreundschaft. Ich fühlte mich richtig wohl bei ihr und ich hatte nach ein, zwei Stunden das Gefühl, als gehörte ich hierher. Man gewöhnt sich eben sehr rasch an die schönen Dinge des Lebens und das Außergewöhnliche wird auch hier zum Gewöhnlichen, sobald man es selbst erlebt und konsumiert hatte.

Monika und ich verbrachten die erste Hälfte der Nacht mit Reden und Lachen, Zuhören und glücklich Sein. Die andere Hälfte der Nacht verbrachten wir gemeinsam im Bett. Im Devils Corner war es nicht ungewöhnlich, dass man meist noch als Kind das erste Mal Sex hatte. Auch ich machte meine ersten sexuellen Erfahrungen mit zwölf oder dreizehn Jahren. Wir glaubten damals zu wissen, was Liebe ist. Es war aber nicht mehr und nicht weniger als Sex. Aber mit Monika spürte ich mehr. Ich fühlte mich erwachsen, ich spürte Vertrauen, ich fühlte Geborgenheit. Diese Mischung nannte man wohl Liebe. Und der Sex mit Monika war im wahrsten Sinne des Wortes umwerfend.

Nach einigen Wochen fragte mich Monika, ob ich nicht in ihre Wohnung einziehen möchte. Da sie von Montag bis Freitag in Krakau studierte, stand ihre Wohnung die ganze Woche über leer. Ich sollte mich ein wenig um die Wohnung kümmern, um die Pflanzen, um das Essen im Kühlschrank, den Briefkasten entleeren und ähnliche Dinge. Natürlich willigte ich sofort ein und bot an, mich an den Kosten zu beteiligen.

Manchmal wurde ich richtig benommen, wenn ich daran dachte, dass ich vor kurzem noch hinter den Garbage-Trucks gestanden war und gewartet hatte, bis der stinkende Müll von der Ladefläche rutschte. Und jetzt lebte ich mit einer hübschen Freundin in einer Wohnung in Prag, hatte eine ganze Menge Geld in der Tasche und konnte mich jeden Tag mit frischem Wasser duschen oder mich in die Badewanne legen. Ich konnte lange schlafen, ging einkaufen, ging spazieren und wartete sehnsüchtig auf das Wochenende, um Monika wieder zu sehen.

Die nächsten Monate waren wohl die glücklichsten meines ganzen Lebens. Ich fühlte mich so zufrieden, glücklich und stark, wie ich es nie zuvor und wohl auch nie mehr danach spüren sollte. Monika und ich verbrachten die Wochenenden zwischen Essen,

Spazierengehen, Lachen und Sex. Und vielen Gesprächen. Ich konnte in diese Gespräche vieles von meinem Leben einbringen und Monika interessierte sich sehr dafür. Monika hingegen erzählte mir viel von ihrem Studium, über Literatur, über Philosophie, über Religion und das Verhalten von Menschen. Ich war erstaunt über so viel Wissen, wo Monika doch erst neunzehn Jahre alt war und erst ein Jahr studierte. Sie erzählte mir von vielen Büchern, die sie bereits gelesen hatte. Und ich erzählte ihr von den Büchern, die ich schon gelesen hatte, von den Biografien, von Juri Gagarin, von Buzz Aldrin und von Kurt Cobain. Sie kannte diese Persönlichkeiten ebenfalls aus Büchern.

Monika bekannte sich zum katholischen Glauben. Sie hatte eine ähnliche Einstellung wie ich: Sie ging nicht in die Kirche, doch sie glaubte an Gott. Sie erzählte mir so viel von Jesus und von Gott, und ich konnte ihr stundenlang zuhören.

So erzählte sie mir beispielsweise, was sie an Jesus so faszinierte. Es war die Verzeihung. Jesus hing am Kreuz, und rechts und links von ihm hingen Mörder. Der eine verhöhnte Jesus und sagte zu ihm, er solle doch vom Kreuz herabsteigen, wenn er schon so viel Macht hätte. Der andere aber wandte sich Jesus zu und sagte: „Jesus, denk an mich, wenn Du zu Gott gehst!“ Und was sagte Jesus? Er sagte zu ihm: „Noch heute wirst Du mit mir im Paradies sein.“ Dieser Wortwechsel faszinierte Monika. Da sagte Jesus einfach zu einem Mörder, Verbrecher, Vergewaltiger: „Noch heute wirst Du mit mir im Paradies sein.“ Jesus hat einem Menschen, dessen ganzes Leben schief gelaufen ist, der wahrscheinlich von Gott nie etwas wissen wollte, der anderen Menschen viel Schmerz und Leid zugefügt hat, so einfach mit einem einzigen Satz alle Sünden vergeben. Und ihm versichert, dass er mit ihm ins Paradies eingehen wird. Und das nur oder gerade deshalb, weil der Mörder überzeugt war, dass er an der Seite Jesu, dem Sohn Gottes, am Kreuz hing. Was hier in einem Wortwechsel geschah, drückte für Monika offenbar mehr aus, als es alle Bücher und Predigten, alle Geschichten und Gespräche je vermochten. Sie erzählte mir, dass sie manchmal gerne mehr über diesen Mörder gewusst hätte. Wer war er? Wie war sein Name? Warum wurde er zu einem Mörder? War es Zufall oder war es auch eine Fügung Gottes, Teil seines Heilsplans? Was hat ihn dazu bewogen, in der letzten Stunde seines Lebens so zu handeln, so zu sprechen. War es Überzeugung oder war es Verzweiflung? War es Mut oder war es Todesangst? Oder war es die Nähe Jesu?

Monika konnte von Gott, von Jesus und dem Glauben mit einer ungewöhnlich großen Begeisterung erzählen. Ich war fasziniert und ich hörte ihr gerne zu. So erzählte sie mir auch von ganz umstrittenen Menschen, die Jesus umgaben. Besonders beeindruckt war Monika von Judas, dem wohl besten Freund Jesu. Monika schrieb bereits im ersten Semester ihres Studiums an einer Examensarbeit über Judas, den Verräter, und kannte seine Geschichte sehr gut.

Monika war überzeugt davon, dass sich die beiden in den Jahren vor Jesu Tod sehr nahe gestanden sind. Wahrscheinlich gab es viele Gemeinsamkeiten. Beide wollten die Welt ändern, sie verbessern, jeder auf seine Art. Judas war Zelot, politisch interessiert. Er war anders als die anderen Jünger, er war kein Hirte, kein Fischer, er war ein Intellektueller. Er wollte das Ende des Imperium Romanum, der römischen Besatzung. Jesus wollte auch Veränderung, aber eine Veränderung der Herzen, weniger der Politik. Vielleicht wollte Judas mit Jesus ein großes Wohlfahrtsunternehmen gründen und den Menschen aus der Armut helfen. Beide spürten wahrscheinlich, dass es sich lohnt, an Gott zu glauben und zu beten. Wahrscheinlich waren sie oft gemeinsam unterwegs, unterhielten sich über den Glauben, über Politik, philosophierten, sprachen über andere Menschen, hatten auch Spaß am Leben. Judas und Jesus, beides junge Menschen mit vielen gleichen Interessen, enge Freunde. Voller Energie. Beide sind einen gemeinsamen Weg gegangen, den Weg der Freundschaft. Und dann wurde es Judas zuviel. Warum musste sein Freund Jesus immer nur von Gott sprechen, aber nichts gegen das Böse, das Ungerechte unternehmen? Judas hatte Tatendrang. Er wollte nicht nur reden. Er wollte politisch etwas verändern. Er wollte den Menschen helfen, sie beim Aufbau eines besseren Lebens unterstützen. Und Jesus ging in den Tempel und diskutierte mit den Priestern. Und am Ende trennten sich ihre Wege. Judas war der Verräter und Jesus war der Verratene. Ob Jesus in den Jahren vor seinem Tod gewusst hatte, dass sein Freund Judas zu seinem Verräter werden sollte? Vielleicht hat er es nicht gewusst, vielleicht wollte er es nicht glauben, vielleicht wusste er aber um sein Schicksal und es war ein logischer Mosaikstein im Heilsplan Gottes.

Vieles spricht angeblich dafür, dass Judas diesen Heilsplan zu erfüllen hatte. Auch Jesus sagte zu ihm: „Was du tun musst, das tue". Und was sollte Judas eigentlich verraten? Dass Jesus in Gethsemane betete, war allgemein bekannt. Dazu bedurfte es nicht eines Hinweises von Judas. Hat dieser vielleicht mit dem Einverständnis Jesu gehandelt? Monika erzählte mir, dass in einem britischen Museum eine Elfenbeintafel steht, auf der man den gekreuzigten Jesus neben dem erhängten Judas sieht. Am Ast, an dem Judas hängt, ist ein kleines Nest mit jungen Vögeln, ein Symbol der Hoffnung.

Hat Judas die dreißig Silberlinge wirklich gebraucht? Dreißig Silberlinge, die er für den Verrat an Jesus erhielt? Wohl eher nicht, denn dreißig Silberlinge waren nicht wirklich viel Geld. Dafür bekam man in der damaligen Zeit vielleicht einen Sklaven. Es war auch nicht viel mehr als der Monatslohn eines römischen Legionärs. Überdies wollte Judas die Silberlinge den Hohenpriestern wieder zurückgeben, die sie aber nicht annahmen.

Was trieb Judas sonst an? Judas war Zelot. Er wollte doch den römischen Besatzern nicht helfen, sie nicht unterstützen. Judas war Rebell, Freiheitskämpfer, wollte einen Volksaufstand. Wieso sollte er Jesus verraten und den Römern helfen? Nein, Judas dürfte Protagonist dieser Heilsgeschichte gewesen sein.

Es war faszinierend, was Monika über Judas wusste.

An einer anderen Person aus dem Umfeld Jesu war Monika ebenfalls besonders interessiert. Es war Maria

Magdalena, die *„Apostola Apostolorum"*. Maria Magdalena stand unter dem Kreuz. Sie sah Jesus sterben und sie war die erste, die an seinem Grab erschien und den auferstandenen Jesus sah. Man weiß heute nicht wirklich, welche Rolle sie im Leben Jesu gespielt hatte. Oft wird sie gleichgesetzt mit jener Hure, die die Füße Jesu gesalbt und ihn als den Auserwählten Gottes erkannt hat. Maria Magdalena spürte, dass er ein außergewöhnlicher Mensch war. Und er erkannte wohl auch, dass sie eine außergewöhnliche Frau war. Maria Magdalena war sicher eine starke Frau. Sie ließ alles hinter sich, folgte Jesus nach. Sie tat etwas, was in der damaligen Zeit unvorstellbar und ein großes Wagnis war: Alles aufzugeben und mit Jesus auf die Wanderschaft zu gehen. Sie war sicher umstritten, aber das war für Jesus unerheblich. Er war ja auch umstritten, für die römischen Besatzer sogar ein Aufrührer und Unruhestifter.

Monika erzählte mir auch von anderen Personen, die nach Jesu Tod wirkten. Da gab es Paulus, einen ungewöhnlichen Menschen. Aber wer war Paulus? Apostel, Verbreiter des Evangeliums, Heiliger. Wer denkt bei Paulus aber daran, dass er nicht Paulus hieß, sondern Saulus. Dass er Christen verfolgte und ermorden ließ. Dass viel Blut an seinen Händen klebte. Er war dabei, als Stephanus gesteinigt wurde, und hat es gebilligt. Und dann erlebte er einen Wandel in Damaskus, veränderte sein Leben und glaubte an Jesus. Er wurde zum unumstrittenen Verkünder der Botschaft Jesu, zum Inbegriff des Apostels, zum Begründer der Evangelisierung des Mittelmeerraumes. Er wurde selbst verfolgt, fast gesteinigt und immer wieder verjagt. Er zweifelte sein Leben lang und glaubte letztlich dennoch an Jesus, an Gott, wie kaum ein anderer.

Im Nachhinein kam mir die Geschichte, die mir Monika über Paulus erzählte, immer wieder in Erinnerung. Es sollte nicht das letzte Mal gewesen sein, dass mir jemand mit so einer Begeisterung über diesen Apostel erzählte.

Monika zweifelte, ob sich zur Zeit Jesu wirklich alles so zugetragen hat, wie sie es aus Erzählungen oder aus den Büchern kannte. Sie glaubte, dass da viel hineininterpretiert und weggelassen wurde. Das beste Beispiel für sie war das letzte Abendmahl. Ihre Eltern und Lehrer erzählten ihr, wie sich das wohl zugetragen hat. Und auch die Priester, mit denen sie sprach, erzählten ihr das. Und in den wenigen Gottesdiensten, die sie besuchte, wurde auch dieser komplizierte Glaube vermittelt. Und das hörte sich dann so an: Da gab es Gottes Sohn, der am Tag vor seinem Tod ein Abendmahl gab und die zwölf Apostel eingeladen hatte und alle saßen um den Tisch. Jesus sprach einige salbungsvolle Worte und hatte damit die Eucharistie eingesetzt. Aber war das wirklich so? Oder war es nicht einfach so, dass es einen Jesus gab, der voller Überzeugung, voller Leben und Tatendrang war, und doch wusste, dass er einen Weg gehen musste, der mit einem grausamen Tod enden würde. Dieser Jesus hat das in den letzten Wochen und Tagen vor seinem Tod gespürt. Je näher er seinen Tod kommen sah, desto mehr Angst hat er bekommen. Er wollte aber noch einmal seine besten Freunde um sich haben und hat eine Feier gemacht. Und bei dieser Feier wurde gegessen, getrunken, und dann hat Jesus gesagt: „Denkt bitte auch in Zukunft an mich. Macht einfach wieder so eine Feier, wie wir sie jetzt haben. Und wenn ihr dann esst und trinkt, dann denkt an die schöne Zeit zurück, die wir hatten." Und dann, als die Feier vorbei war, in der Nacht vor seinem Tod, wurde Jesus ganz einsam und schwach. Er weinte, war verzweifelt, wusste nicht, was er tun sollte. Er wusste nicht, ob er noch das Richtige tat oder ob er nicht aufgeben sollte, um sein Leben zu retten. Er wollte unbedingt die richtige Entscheidung treffen – aber was war diese richtige Entscheidung? Wer kann ihm die Gewissheit geben, dass er richtig entschieden hat? Ja, sicher, Dein Wille geschehe. Aber wie erkennt man den Willen Gottes?

Jesus konnte sich niemandem anvertrauen, wollte den schmerzhaften Weg gehen, fühlte sich aber ohnmächtig. Er wusste auch gar nicht mehr, ob er mit seinem Tod irgendetwas bewegen könnte. Das kam ihm bekannt vor. Damals hatte ja schon sein Freund Judas gesagt, dass sich vielleicht gar niemand mehr an ihn erinnern könnte, wenn er einmal tot wäre. Und jetzt erinnerte sich Jesus an diese Worte. Wen kümmerte es, wer er war? Vielleicht ein paar ganz enge Freunde. Aber der Rest? Und dann hat Jesus seinen Gott gebeten, dass er ihm doch dieses Schicksal ersparen möge. Wenn es irgendwie geht. Einfach aufgeben, abschalten, schlafen gehen, aufhören zu weinen. Den Kelch vorbeigehen lassen. Keine Angst mehr haben und inneren Frieden finden. Freunde treffen und mit ihnen feiern. Anderen Menschen helfen. Ja genau, da gäbe es noch so viel zu tun. Aber nicht mit 33 Jahren am Kreuz zu sterben. Das bringt doch niemandem etwas, oder?

Gott hat letztlich nicht eingegriffen. Er hat Jesus die freie Entscheidung gelassen. Und Jesus hat seine Entscheidung getroffen. Eine mutige Entscheidung, nämlich den Tod. Aber es hat ihn viel Kraft und Überwindung gekostet. Er hat es durchgezogen.

Monika war der Meinung, dass diese letzten Tage viel menschlicher gesehen werden müssten, damit Jesus wieder zu dem würde, was er sein wollte. Jemand, der uns unbeirrt das Richtige vorgelebt hat, aber auch jemand, der zweifelte. Das wäre keine Schande, sogar Jesus hatte diese Zweifel. Monika meinte, dass man sich viel natürlicher an den Menschen Jesus heranwagen sollte. Nicht mit so viel Prunk und Bauten, Dogmen und Gesetzen, Traditionen und Ritualen. Viel einfacher. Jesus hat auch sein letztes Abendmahl nicht in einer Zeremonie voller Rituale gefeiert, sondern er hat seine Freunde eingeladen und mit ihnen gegessen, getrunken und geplaudert. Und das war schön und seine Freunde haben sich in seinem Gedenken immer wieder getroffen. Und das war genau das, was Jesus wollte.

Es war wunderbar, wenn man Monika bei ihren Gedanken über Religion und Glauben, über Nächstenliebe und Freundschaft zuhörte. Jesus schien für sie eine so wunderbare und gleichzeitig eine so einfache Persönlichkeit zu sein. Ein Mensch, der andere begeistern konnte. Und sie hat sich offensichtlich von dieser Begeisterung anstecken lassen. Mir wurde rasch klar, dass Monika schon viele Jahre über Gott nachgedacht und sicher schon viele Bücher über den Glauben, über Jesus und über die Menschen, die Jesus begleiteten, gelesen hatte. Manchmal kam ich mir richtig ungebildet vor, wenn sie mir solche Details über Jesus, Judas oder Maria Magdalena erzählte. Ihre Begeisterung war ansteckend und ich dachte oft über wenige ihrer Worte eine ganze Woche nach. Wie sie von der Freundschaft erzählte, die manche Menschen zu Jesus hatten. Über das Verzeihen, das für Jesus ganz wesentlich war. Über den ersten Stein, den derjenige werfen sollte, der ohne Sünde war. Ich konnte es manchmal gar nicht begreifen, dass eine junge Frau wie Monika ihre Gedanken in so wunderbare Worte fassen konnte, scheinbar komplizierte Dinge ganz einfach und verständlich wiedergeben konnte. Es gab sogar einige Augenblicke, da meinte ich, dass mir Gott in diesen Gesprächen etwas über das Leben sagen wollte, über den freien Willen zur eigenen Entscheidung, über Liebe und Tod. Monika war wohl eine junge Frau, die noch viel aus ihrem Leben machen konnte. Die noch viel erleben konnte. Die noch ein volles Lebenskonto vor sich hatte.

Ich erzählte Monika auch immer wieder über meine Vergangenheit. Über den Devils Corner. Über das Garbaging. Über meine Eltern, über meine Schwester Yanaia, Karim und all die anderen. Über Tage, an denen man am liebsten sterben wollte, weil man keine Zukunft erkannte und über Tage, an die man sich sehr gerne erinnerte. Immer wieder fielen mir neue Geschichten ein, kamen neue Erinnerungen, die ich Monika erzählte. Ich war manchmal selbst erstaunt, dass ich bereits so viel erlebt hatte. Ich erzählte ihr auch immer mehr Details über meinen Entschluss, aus Kairo auszubrechen und mich auf diesen gefährlichen Drogenschmuggel einzulassen. Über das Drogenkonzentrat, das ich in Form von Micro-Drops in meiner Blutbahn trug und damit durch die Checks am Flughafen ging. Über die Freude, die in mir aufkam, als ich den Schmuggel erfolgreich beendet hatte, aber auch über das schlechte Gewissen darüber, dass ich ja eine gefährliche Droge verbreitet habe, an der Menschen sterben würden.

Es vergingen einige Wochen, der Winter begann und wir feierten Weihnachten. Für mich war das alles sehr ungewöhnlich. Ich hatte noch niemals so viel Schnee auf einmal gesehen, so viel Kälte gespürt und ein so wunderschönes Weihnachtsfest gefeiert. Monika schenkte mir zu Weihnachten eine Halskette mit einem kleinen Medaillon. Auf der Vorderseite war der Heilige Christophorus abgebildet, der Schutzpatron für alle Reisenden. Sie meinte, dass dieser Heilige sehr gut zu mir passen würde, da ich schon so weit und unter so schwierigen Verhältnissen gereist wäre. Er sollte mich auf allen Reisen beschützen, die noch vor mir lagen, und er sollte mich immer an mein Ziel bringen. Auf der Rückseite war die Heilige Bernadette mit der Mutter Gottes abgebildet.

Ich überlegte lange, was ich Monika schenken sollte. Zuerst wollte ich ihr etwas Wertvolles kaufen, vielleicht eine schöne Uhr oder ein Schmuckstück. Es sollte aber etwas Besonderes sein, etwas das man nicht kaufen konnte, etwas Persönliches. Ich überlegte viele Tage und dann kam der Entschluss, ihr mein Buch über den kleinen Prinzen zu schenken. Es war eines jener Dinge, die ich aus Kairo mitgenommen hatte. Das Buch bedeutete mir sehr viel und ich wusste aus einem Gespräch mit Monika, dass sie dieses Buch noch nicht gelesen hatte. Monika freute sich sehr über mein Geschenk und ich glaube, sie hat das Buch bereits in der Weihnachtsnacht ausgelesen. Anschließend sprachen wir einige Male über die wunderbaren Botschaften, die dieses Buch enthält. Über die wesentlichen Dinge, die man nur mit dem Herzen erkennen kann, nicht mit den Augen. Über die Verantwortung, die man für jemanden hat, den man besonders gut kennt. Der einem Vertrauen geschenkt hat. Es waren schöne Gespräche, die wir bei so manchem Winterspaziergang auf den Hügeln nahe des Hradschins führten. Für mich waren diese Tage wohl die schönsten, die ich bis dahin erleben durfte. Und ich glaube auch für Monika.

Die nächsten Wochen vergingen sehr rasch und unsere Beziehung wurde immer fester. Die ganze Woche über freute ich mich auf Freitagabend. Auf jenen Zeitpunkt, an dem ich Monika vom Bahnhof abholen konnte. Meist kam Monika mit dem Zug um halb zehn Uhr abends aus Krakau an, manchmal aber auch mit einiger Verspätung. Das Wochenende verbrachten wir gemeinsam und es war jedes Mal wieder ein trauriger Abschied, wenn ich Monika am Sonntagmittag zum Bahnhof brachte. Sie fuhr mit einem Eilzug neunzig Minuten nach Krakau und hatte dort eine kleine Studentenwohnung, in der sie bis Freitag wohnte und studierte. Ich habe Monika nie gefragt, ob ich einmal mit nach Krakau kommen sollte. Wir haben nie darüber gesprochen. Natürlich hätte ich unser Schicksal nicht aufhalten können, wenn wir darüber gesprochen hätten. Wenn ich einmal mit ihr nach Krakau gefahren wäre. Es gibt Dinge, die man nicht versteht. Die man niemals verstanden hat und die man niemals verstehen wird. Oft habe ich mich nach dem „*Warum*" gefragt. Warum ich? Warum Monika? Warum wir? Fragen, die zu nichts führen, da es keine Antwort darauf gibt. Oder man findet einfach keine Antwort. Fragen, die einem nur beweisen, dass man ein Individuum ist, das denkt. Durch Denken entstehen Fragen. Würde man nicht denken, würden diese Fragen nicht entstehen. Würde man nicht denken, würden auch keine Angst und keine Freude entstehen.

Kapitel 6

Wenn man die Hölle bereits durchschritten hat.

Ich glaube, es war an einem Donnerstag Ende Februar. Der Winter hatte seinen Höhepunkt erreicht. Es war kalt und es schneite immer wieder. Im Postkasten fand ich einen Brief. Es war ein Brief aus Krakau, von Monika. Ich wunderte mich über den Brief, da wir normalerweise telefonierten oder uns Satellite-Speedies, kleine Videobotschaften über das Handy, schickten. Aber ein Brief von Monika war etwas Neues.

Ich nahm diesen Brief aus dem Postkasten im Erdgeschoß, ging damit in die Wohnung, setzte mich und las ihn. Der Brief hatte mehrere Seiten. Wie kann man etwas beschreiben, was nicht sein darf, was nicht sein kann. Wie kann man etwas beschreiben, was einen in ein schwarzes Loch fallen lässt, aus dem es scheinbar kein Zurück mehr gibt.

Ich wusste, dass Monika mit diesem Brief ihre Nacht in Gethsemane verbrachte. Sie hatte geweint, das sah man am Papier. Sie muss wohl oft gebeten haben, dass Gott diese Stunden vorübergehen lassen möge. Dass sein Wille ein erträglicher sein möge. Doch Gott hat ihr wohl die Entscheidung überlassen und sie hat ihre Entscheidung gefällt.

Monika schrieb in dem Brief, dass sie in Krakau nicht studiert hatte. Sie hatte mich über viele Monate belogen.

Monika schrieb, dass sie vor vielen Jahren auf einer Reise nach Krakau mit einer Droge in Kontakt gekommen war. Es war Soma, jene Designerdroge, die auch ich in meinem Körper geschmuggelt hatte. Monika nahm zuerst nur ganz wenig davon, aber die Droge forderte von ihr Verstand und Körper. Sie nahm immer mehr und wurde abhängig. Sie begann zu stehlen, um sich die Droge finanzieren zu können. Einige Zeit später, sie war sechzehn Jahre alt, reichte das nicht mehr aus. Sie wollte es damals noch nicht wahrhaben, aber rückblickend meinte sie, dass sie damals bereits den Vorhof zur Hölle betreten hatte. Und die Tür ist hinter ihr ins Schloss gefallen und ließ sich nicht mehr öffnen. Sie begann ihren Körper zu verkaufen. Zuerst ein Mal, dann noch einmal. Zuerst mit einem schlechten Gewissen. Dann ohne schlechtes Gewissen. Und meistens auf Drogen. Zuerst wollte sie es sich noch nicht eingestehen. Einmal. Zweimal. Nur ausnahmsweise. Damit ist man noch lange keine Hure.

Die Drogensucht wurde immer schwerer, das Geld wurde immer knapper und ihre Kunden wurden immer mehr. Das Gewissen wurde immer ruhiger, das Gefühl wurde immer kälter und die Wünsche ihrer Kunden wurden immer ausgefallener. Mit siebzehn ging sie am Krakauer Bahnhof auf den Strich und floh am Wochenende nach Prag, in eine andere, bessere Welt. Und wochentags bediente sie ihre Kunden. Laufkunden, Stammkunden, Perverse. Junge und alte Männer. Einzeln. Zu zweit. Zu dritt. Manchmal auch Frauen. Nur dadurch war es ihr möglich, zu ihren Drogenrationen zu kommen. Sie benötigte alle zwei bis drei Tage einige Milligramm Soma. Ein Entzug war unmöglich. War sie nicht rechtzeitig an ihre Droge gekommen, so setzte ein unvorstellbarer Schmerz ein. Der Verstand setzte aus und der Körper krümmte sich. Alle Energie, jede Zelle und jeder Gedankenstrom resultierte in einem Wort: Soma. Der Schmerz war undefinierbar und auch kaum zu lokalisieren. Es war ein Schmerz von innen und fühlte sich an wie eine unsichtbare, starke Hand, die jedes einzelne Organ umfasste und fest zusammendrückte. So lange, bis das letzte Gramm Schmerz aus dem Organ herausgepresst war. Soma wirkte enorm schnell. Es wurde häufig mit Traubenzucker gestreckt. Es reichte eine kurze Straße, die man sich über ein zu einem Röhrchen gerolltes Stück Papier über die Nasenflügel in das Gehirn hineinzog, von wo es über die Schleimhäute und dann über die Blutbahn seinen Siegeszug im ganzen Körper antrat. Der Körper erreichte eine Ekstase und kurz darauf eine Entspannung, die mit nichts zu vergleichen war. Die Umwelt wurde nur noch in grellen Farbtönen wahrgenommen, die Körpertemperatur stieg um einige Grad an und man spürte keinen Schmerz, weder psychisch noch physisch. Man hatte das Gefühl unsterblich zu sein, das Licht zu sehen, die Götter gefunden zu haben. Man bekam eine Welle an Energie, aber nicht geschenkt, sondern nur geliehen. Das, was Soma gibt, das kriegt man nur geliehen. Es ist der Stoff, aus dem die Träume sind, es ist Gift und Medizin, es baut dich auf und macht dich kaputt. Soma war scheinbar der Himmel auf Erden. Aber eben nur scheinbar. In Wirklichkeit war Soma wahrscheinlich das, was man erlebte, wenn man die Hölle bereits durchschritten hat.

Ich saß am Boden und las Wort für Wort, Satz für Satz. Der Schmerz löste bei mir zunächst keine Tränen aus. Wahrscheinlich war er viel zu groß. Mein Gehirn schaltete in einen Trancezustand, der mich davor schützte, ohnmächtig zu werden. Ich las weiter.

Monika beschrieb in dem Brief ihren Alltag. Der Tag begann um zwölf Uhr mittags mit dem Aufstehen. Dann ging sie etwas einkaufen und den Nachmittag verbrachte sie mit Lesen und Nachdenken. Das waren jene Stunden, in denen sie für kurze Zeit in die Welt der Bücher floh und über Gott nachdachte. Am frühen Abend zog sie sich um und ging zum Bahnhof. Dort begann der Arbeitstag, oder besser gesagt die Arbeitsnacht. Zuerst hatte sie einige Stammkunden, die schon warteten und die sie auf den schmutzigen Toiletten am Bahnhof bediente. Dann ging sie auf ihren Platz, der an einem Nebeneingang des Bahnhofs war, und bot sich den Kunden an. An schlechten Tagen hatte sie vielleicht fünf, sechs Kunden. An guten Tagen waren es bis zu zwanzig. Ihre Arbeit dauerte meist bis vier Uhr morgens. Dann duschte sie sich lange, sehr lange, über eine halbe Stunde. Um sich allen Schweiß und Dreck abzuwaschen. Um sich aber noch vielmehr all das Stöhnen, die Gedanken und die Schreie ihrer Kunden, die wie ein nasses Kleid an ihrem Körper hafteten, herunterzureißen. Oft war sie erst im Morgengrauen eingeschlafen. Niemals ohne in Gedanken mit Gott gesprochen zu haben. Dein Wille geschehe. Aber gib mir die Kraft, dass ich Deinem Willen auch bis zum Ende folgen kann.

Gott hat ihr die Kraft gegeben.

Ich musste kurz innehalten. Ich bedeckte mein Gesicht mit meinen Händen und begann zu zittern. Erst jetzt wurde mir bewusst, was ich getan hatte. Bis zu diesem Moment hatte ich meine Flucht mit dem Drogenkonzentrat im Körper als heldenhaft empfunden. Natürlich wusste ich, dass daraus Soma gemacht wurde. Natürlich wusste ich, dass allein durch meinen Drogenschmuggel viele Menschen unvorstellbares Leid erfahren müssten, stehlen müssten, auf den Strich gehen müssten, wahrscheinlich sogar morden müssten. Aber bis jetzt waren das Gedanken ohne Realität. Bäume ohne Blätter. Bücher ohne Schrift. Erst jetzt erkannte ich, was ich getan hatte. Letztlich war ich es, der Menschen wie Monika in solche Situationen gebracht hatte. Vielleicht waren diese Gedanken zu einfach. Monika hätte natürlich ihr Schicksal auch erlitten, wenn ich keine Drogen geschmuggelt hätte. Und wenn nicht ich die Drogen aus Kairo geschmuggelt hätte, dann hätte es am nächsten Tag jemand anderer getan. Trotzdem wurde ich den Gedanken nicht los. Was hatte ich getan? Meine Tat bekam jetzt ein Gesicht, das Gesicht von Monika.

Ich las weiter.

Monika erzählte mir, dass ich das Beste und Teuerste sei, das ihr jemals begegnet wäre. Dass die letzten Monate die schönsten in ihrem Leben gewesen seien. Dass ich ihr so viel gegeben hätte, wie nie ein anderer Mensch zuvor. Dass sie von mir als Mensch behandelt worden wäre, nicht als dreckige Hure am Krakauer Bahnhof. Dass ihr die Wochenenden mit mir so viel Kraft gegeben hätten.

Dass sie es aber nicht wagte, mir die Wahrheit zu sagen. Aus Angst, mich zu enttäuschen. Aus Angst, mich zu verlieren. Dass sie mir jetzt aber die Wahrheit sagen müsste. Dass ihr Schritt ein schmerzvoller für mich sein würde – dass sie sterben wollte.

Mir wurde beinahe schwarz vor Augen. Mein Gehirn war blutleer. Ich las es nochmals. Monika wollte sterben.

Sie schrieb, dass es für uns keine Zukunft geben könne, jedenfalls keine glückliche. Wenn es eine Zukunft gäbe, dann würde sie geprägt sein von Drogen, Geldbeschaffung, Drogenentzug und Rückfall. Das wollte sie mir nicht antun. Dazu hätte ich viel zu viel aufs Spiel gesetzt. Monika meinte, dass sie einen Schritt zu weit gegangen wäre. Sie meinte, dass sie jetzt nicht mehr zurück könne. Dass ihre Sehnsucht zu sterben größer war als ihr Mut zum Leben.

„Wenn Du diese Zeilen liest, brauchst Du Dir keine Sorgen mehr zu machen. Wenn es einen Gott gibt, werde ich bereits bei ihm sein. Und es gibt einen Gott, einen Gott der Verzeihung und der Güte. Was auch immer geschehen ist, für Gott ist es einfach, mir zu verzeihen. Noch heute wirst Du mit mir im Paradies sein, waren seine Worte zum Mörder, der an seiner Seite hing. Auch ich werde zu ihm ins Paradies gehen. Glaube mir! Wenn Du an dieser Stelle im Brief angekommen bist, werde ich bereits an der Seite Gottes im Paradies sein."

Monika beschrieb, wie sie sterben wollte. Sie würde eine Überdosis Soma einnehmen. Nicht über die Nase, sondern direkt in die Blutbahn. Sie würde dann einen kurzen Soma-Rausch genießen, das Bewusstsein verlieren und somit den Kampf ihres Körpers gegen die vernichtende Droge nicht spüren. Der Kampf würde ablaufen wie eine grausame Szene in einem Film, den man in einem Kino betrachtet. Man sieht aus sicherer Entfernung zu und spürt selbst keinen Schmerz. Und so wie irgendwann der Film aus ist und man erleichtert aus dem Kino geht, so wird irgendwann der Tod eintreten und man wird vom weißen Licht am Ende des Tunnels umgeben wie von einem warmen, wohligen Sommerregen. Ich spürte eine Mischung aus neugieriger Angst und kindlicher Vorfreude in ihren Ausführungen.

Monika schrieb noch einige andere Dinge. Wie sie beerdigt werden wollte. Es sollte ein ganz schlichter, einfacher Holzsarg sein. Ein einfaches Begräbnis. Und keine Tränen, keine Trauer, keine Menschen.

Ich las ihre letzten Zeilen.

„Mach etwas aus Deinem Leben. Gib anderen Menschen jenen Mut, den Du scheinbar gesucht hast, obwohl Du ihn immer bei Dir getragen hast. Was mit mir jetzt geschieht, wäre ohne Dich schon früher geschehen. Du hast mein Leben um viele schöne Monate verlängert. Durch Dich durfte ich eine Ehrenrunde im Leben drehen. Du hast mir einige Monate Leben auf mein Lebenskonto gebucht und ich habe jede Sekunde mit Dir genossen. Shine on, you crazy diamond. With Love. Monika."

Ich zitterte am ganzen Körper. Mir wurde kalt und ich atmete tief und schnell. Tränen schossen mir in die Augen. Wieso nimmst Du mir das Wertvollste, das ich besitze? Darf ich nicht glücklich sein? Gib mir Kraft, das durchzustehen. Viele Gedanken. Viele Fragen. Keine Antworten.

Sekunden später griff ich zum Handy und klammerte mich an einen Strohhalm. Vielleicht hat sie jemand von ihrem Vorhaben abbringen können. Vielleicht wurde sie gestört. Ich rief sie mehrmals an, doch ich hörte jedes Mal nur ihre vertraute Stimme am Voice Recorder. Vielleicht die Stimme einer bereits toten jungen Frau. Ich erinnerte mich an eine Telefonnummer, die sie mir vor wenigen Wochen gegeben hatte. Es war die Nummer einer Freundin in Krakau. Sie hieß Nicole. Ich rief diese Nummer an und gelangte tatsächlich zu einem Mädchen namens Nicole. Ich sagte ihr, wer ich sei und erzählte ihr von diesem Brief. Nicole reagierte rasch und fuhr sofort in Monikas Wohnung. Eine halbe Stunde später klingelte mein Handy. Ich wollte die Stimme Monikas hören und betete zu Gott. Aber es war eine schluchzende, leise Stimme.

„Sie ist tot“, sagte Nicole.

Ich setzte mich in den nächsten Zug und fuhr nach Krakau. Das Warten auf den Zug und die Fahrt selbst waren unerträglich. In Krakau angekommen, ließ ich mich von einem Taxi zu Monikas Wohnung bringen. Dort wartete bereits Nicole auf mich. Ich werde niemals vergessen, was ich dort gesehen habe. Nicole, ein junges

Mädchen von vielleicht fünfzehn Jahren, kauerte in einer Ecke. Sie umfasste ihre Beine mit den Armen und legte immer wieder ihr Gesicht weinend auf ihre Knie. Mitten im Zimmer lag Monika. Sie war nur mit einem T-Shirt und einem Slip bekleidet. Sie lag auf der Seite. Ihr gesamter Körper war übersät mit Schürfwunden und ihr hübsches Gesicht war blutüberströmt. Ihr Kopf lag in einer Mischung aus Blut und Erbrochenem. Es stank fürchterlich. Das Zimmer war völlig durcheinander, Bücher lagen am Boden, Sessel waren umgekippt, überall Glasscherben und Kleidungsstücke. Teilweise waren die Bilder von der Wand gefallen, teilweise sah man an der Wand Blutspuren und tiefe Kratzer in der alten Tapete.

Das Sterben Monikas war ganz anders als sie es in ihrem Brief beschrieben hatte. Es war mit Sicherheit kein schneller Tod. Und auch keine schmerzlose Bewusstlosigkeit, die sie in den Tod getragen hat. Es muss ein langer, hoffnungsloser Kampf gewesen sein. Wenn das Schreiben Ihres Abschiedsbriefes die Stunden in Gethsemane waren, so war dieser Kampf ihre ganz persönliche Via Dolorosa, ihr Weg nach Golgota. Und wenn all die Schürfwunden auf ihrem Körper die Schmerzen der Dornenkrone waren, so war der Drogenkampf in ihrer letzten Stunde das langsame Sterben am Kreuz. Und die Sekunde des Sterbens muss wohl die Auferstehung im Paradies gewesen sein.

Ich nahm Monika und legte sie auf das Bett. Ich wischte ihr das Blut und das Erbrochene vom Kopf und deckte sie bis zum Hals zu. Ihr Gesicht strahlte eine Ruhe aus, die gar nicht auf einen Todeskampf hindeutete. Der Tod hat viele Gesichter, aber dieses war sicherlich sein grausamstes und gleichzeitig sein schönstes. Ich hockte neben dem Bett und hielt Monikas tote Hand. Sie fühlte sich weich und kalt an. Die Totenstarre muss wohl schon vorbei gewesen sein. Ich verharrte vielleicht eine halbe Stunde, in denen mir so viele Gedanken durch den Kopf gingen. Ich konnte das Doppelleben von Monika nicht begreifen. Ich erinnerte mich an die vielen schönen Wochenenden, die ich mit Monika verbracht hatte. Ich dachte, dass diese Wochenenden ein schöner Ausgleich zu ihrem Studium seien. In Wahrheit waren sie wohl ein kurzes Luftholen aus der Kloake ihres Alltages zwischen Drogensucht und Prostitution. Wie oft hatten wir uns am Sonntagabend verabschiedet und ich wähnte sie während der ganzen Woche bei Vorlesungen oder Prüfungen. Tatsächlich nahm sie diese zerstörerische Droge und bediente ihre Kunden. Mir wurde schlecht bei diesem Gedanken und ich musste mich übergeben. Das Leben hörte für mich an dieser Stelle auf. Einen kurzen Moment dachte auch ich an Selbstmord, um mich mit Monika im Paradies zu treffen. Aber es sollte nicht sein. Mein Lebenskonto war noch nicht ausgeschöpft.

Nicole saß die ganze Zeit über am Boden und weinte leise vor sich hin. Sie erzählte mir, dass sie ebenfalls drogensüchtig sei. Sie war eine gute Freundin von Monika. Nicole hatte bereits mit elf Jahren angefangen, Drogen zu nehmen. Zuerst harmlose, innerhalb weniger Monate landete sie bei Soma. Mit zwölf begann sie, im Bahnhofsviertel von Krakau anschaffen zu gehen. Zuerst auf den Kinderstrich, mit fünfzehn war sie dazu bereits zu alt. Mittlerweile hatte sie einen großen Kreis perverser

Kunden, mit denen sie das Geld für ihre Sucht verdiente. Nicole erzählte mir in den nächsten Stunden vieles über Monikas Doppelleben und ich erkannte, dass ich nur einen kleinen Teil von Monika wirklich kannte. Es war die kleine, heile Welt einer jungen Frau. Eine kleine, sichere Insel in einem Meer voll von Leid, Sucht und Verzweiflung. Den größeren Teil von Monika hatte ich also niemals kennengelernt. Monika hatte niemals ihr Leid mit mir geteilt. Vielleicht wollte sie mich nicht verletzen. Vielleicht hatte sie sich geschämt. Vielleicht hatte sie Angst davor gehabt, dass ich sie verlassen würde. Ich werde es wohl nie erfahren.

Was habe ich falsch gemacht? Habe ich etwas falsch gemacht? Habe ich ihr nicht den Halt gegeben, den sie gebraucht hätte? Habe ich ihr nicht das Gefühl gegeben, dass sie alles, wirklich alles mit mir besprechen könnte? Es tauchten so viele Fragen auf, die mich auch Wochen und Monate später noch quälen sollten. Fragen, auf die ich Antworten suchte, aber nicht fand.

Nicole rief von ihrem Handy aus das DC an. Das DC war eine Art Bestattungsunternehmen, DC stand für *„Death Council"*. Das DC war für die korrekte Feststellung des Todes, die eventuelle Zuweisung zur gerichtsmedizinischen Untersuchung und die ordnungsgemäße Bestattung nach den Wünschen des Verstorbenen zuständig. In diesem Fall kam zunächst das DC 8 und übergab die Angelegenheit dann an das DC 17. Das DC 17 war für tote Junkies, Obdachlose, Huren und andere Menschen zuständig, die man einfach schnell in das Massengrab im Osten Krakaus, in Nova Huta, werfen wollte. Für das DC war Monika nur ein toter Junkie mehr. Kein Mensch. Abschaum. Da ich selbst nicht aus Krakau war, kein Verwandter war und überdies kaum Geld bei mir hatte, konnte ich es nicht verhindern. Sie hätte etwas Besseres verdient, aber es sollte nicht sein. Monika wurde in einen schwarzen Plastiksack mit einem dicken Reißverschluss gepackt. Ich konnte es kaum mit ansehen, aber ich konnte es auch nicht verhindern. Bevor der Reißverschluss zugemacht wurde, nahm ich das Kruzifix, das ich einst von meinem Vater bekommen hatte und das ich immer bei mir trug. Es war für mich eines der wichtigsten und wertvollsten Dinge, die ich besaß. Ich nahm es aus meiner Brusttasche und legte es Monika in die rechte Hand. Dann drückte ich ihre Hand zu einer Faust. „Du bist zeitlebens für das verantwortlich, was du dir vertraut gemacht hast“, sagte ich leise und mit zitternder Stimme vor mich hin. Zeitlebens. Also solange, bis es einen von uns nicht mehr gibt. Dann hört diese Verantwortung auf und dieser Zeitpunkt war jetzt gekommen. Jetzt trennten sich also die Wege des kleinen Prinzen von der Rose. Und meine Wege von Monika. Jetzt liegt ihr Leben, das ewige Leben in der Verantwortung Gottes. Mein Part ist zu Ende. „Gott, wenn es Dich gibt, dann nimm sie jetzt zu Dir.“ Ich gab ihr ein letztes Mal einen Kuss auf ihre blassen Lippen und meine Tränen fielen auf ihr Gesicht. Dann zog ich den Reißverschluss zu und begann zu heulen, wie ich es vorher noch nie getan hatte.

Das DC 17 nahm den schwarzen Plastiksack mit der Leiche und verschwand. Ich weiß bis heute nicht, wo sie hingebracht wurde, wo sie begraben wurde. Ich weiß nur, dass sie einen Teil von mir, das Kruzifix, bei sich trägt. In ihrer Hand. Das gab mir Trost.

Kapitel 7

Das Leben eines Menschen entscheidet sich in einigen, wenigen Augenblicken. Das ist jetzt wohl ein solcher.

Er war ein böser Mensch. Er war ein böser und grausamer Mensch. Und sie war ihm ausgeliefert bis in die letzte Faser. Sie hatte das Gefühl der Ohnmacht. Sie war wie eine Nussschale im Ozean, die herumgewirbelt wurde. Immer wieder wurde ihr klar gemacht, dass sie ihm nicht entrinnen konnte. Manchmal versuchte sie ihm beizubringen, dass sie einfach nicht mehr könne, dass sie sich umbringen möchte. Es war ihm gleichgültig, denn er wusste, dass sie es nie tun würde. Sie hatte zwei kleine Kinder und sie wusste, dass sie nur mit ihm überleben konnte.

Er war ihr Zuhälter. Ausbeuter und Beschützer gleichzeitig. Sie musste jeden Tag arbeiten, um ihre Kinder am Leben zu erhalten. Verdienst hatte sie keinen. Verdient hat nur er. Und er wusste genau, wie er seine Mädchen behandeln musste, damit sie von ihm abhängig wurden.

Sylvia war aber nur eine von ihnen. „Bitte, lass mich wenigstens heute meine Kinder für ein paar Stunden am Abend sehen. Es ist der Weihnachtsabend. Sie warten auf mich“, fragte sie ihn mit Tränen in den Augen. Doch Wolfgang ignorierte ihre Worte. Es war ihm egal, welcher Tag es war. Er schickte sie auf den Strich, so wie er

Dutzende andere Mädchen in dieser Heiligen Nacht auf den Strich schickte.

Wolfgang hatte keine Gefühle, seine Beziehungen scheiterten permanent. Seine große Leidenschaft war die Musik, moderne Musik. Seine Musik war sehr außergewöhnlich, aber die meisten Menschen verstanden sie nicht. Sie war nicht zeitgemäß, die Texte zu obszön, die Lieder zu lang.

Irgendwie passte das alles nicht zusammen. Auf der einen Seite so grausam zu seinen Mitmenschen und auf der anderen Seite eine so schöne Musik. Wolfgang war Teufel und Genie, schwarz und weiß, böse und gut. Er behandelte seine Mädchen wie Dreck und schrieb andererseits Musik für die Nacht, ließ Königinnen singen und Vogelfänger tanzen. Wolfgang verstand es letztlich, mit Zauberflöten zu Ruhm zu gelangen und eine Totenmesse für die Ewigkeit zu komponieren. Und trotzdem war er ein schlechter Mensch.

Wolfgang Amadeus Mozart führte ein Doppelleben. Er komponierte, schrieb Librettos, musizierte, dichtete. Er war ein Talent, wie es vorher wohl keines gegeben hat und wie es nie wieder eines geben sollte. Seine Musik wurde unsterblich für Jahrhunderte, bewundert von den Menschen, egal ob arm oder reich, intelligent oder dumm, jung oder alt. Und trotzdem führte er ein Doppelleben, das für Jahrhunderte unbekannt blieb. Er war nämlich auch ein Zuhälter, hatte verschiedene sogenannte Freudenhäuser in Wien, in Salzburg, in Budapest und in Mailand. Erst als im Jahr 2019 in Wien ein unterirdischer

Stollen mit vielen Büchern und Aufzeichnungen entdeckt wurde, erkannte man, dass Wolfgang Amadeus Mozart nicht der Saubermann, der Komponist von Gottes Gnaden, sondern auch ein Mensch mit vielen Abgründen war. Und dann begannen auch diverse Spekulationen, wissenschaftliche Arbeiten, Forschungen über das Leben von Mozart. Im Grunde mussten sein ganzes Leben und damit auch viele Geschichtsbücher umgeschrieben werden.

Nach dem Tod von Monika verließ ich Prag. Trotz der intensiven Schönheit dieser Stadt, jenem Ort, an dem ich die letzte Schwelle zum Erwachsensein so grauenhaft erlebte, musste ich weg. In den Büchern, die ich bei Monika in Krakau gefunden hatte, war auch eines, das mich nicht mehr losließ. Es war ein Buch eines Fotografen, der von sich selbst nie wirklich überzeugt war und trotzdem eine Reihe von beeindruckenden Fotos gemacht hat. Besonders faszinierend fand ich ein Foto in Schwarz-Weiß. Das Foto im Hochformat zeigte den schiefen Turm von Pisa, bevor er 2022 bei einem Erdbeben zusammengebrochen ist. Vor diesem schiefen Turm stand eine kleine Dose MedCoke, unter die ein kleiner Stein gelegt war. So entstand ebenfalls ein kleiner schiefer Turm, jedoch in die entgegengesetzte Richtung. Das Foto enthielt alles, was ein gutes schwarz-weißes Bild ausmachte: Schärfe und Unschärfe, Vordergrund und Hintergrund, Modernität und Historie, Zerbrechlichkeit und Stabilität, Vergänglichkeit und Dauerhaftigkeit.

Der Fotograf hieß Robert Hall und hatte in seinem zweiten Berufsweg an der University of Arts in London studiert. Er beschrieb das Studium als eine der intensivsten Zeiten in seinem Leben, eine Zeit voll kreativen Wissensdursts.

Ich nahm das Geld, das mir von meiner Flucht aus Kairo noch übriggeblieben war und fuhr mit dem Eurotrain nach London. Ich wollte ebenfalls wie dieser Robert Hall ein Studium an der University of Arts in London absolvieren und ließ mich einschreiben. Schon nach kurzer Zeit meinten die Professoren, dass ich ein künstlerisches Talent hätte, was sich auch darin zeigte, dass ich verschiedene Studienlehrgänge wie technisches Zeichnen, musikalische Bildung und Kunstgeschichte als einer der besten Studenten absolvieren konnte. Irgendwann hatte ich dann das Glück, dass ich auf diese Erkenntnisse über Mozart gestoßen bin und ich zu recherchieren begann. Letztlich endete meine Recherche in einer Abschlussarbeit, der sehr viel Beachtung geschenkt wurde. Sie hieß *„Die letzten fünf Jahre von Wolfgang A. Mozart – musikalische Erfolgsstory mit menschlichen Abgründen"* und wurde sogar in der renommierten Kunstzeitschrift *„London Art Circle"* auszugsweise abgedruckt.

Während des Studiums hatte ich viele Jobs, mit denen ich meinen Lebensunterhalt verdiente. Es war eine schöne Zeit, in der ich meinem Hang zu Büchern nachgehen konnte und neue Freunde kennenlernte. Obwohl ich immer an meine Zeit im Devils Corner, an Yanaia, an Monika, an Glück, Drogen und Tod zurückdachte, begann ich ein Leben in einem sozialen Umfeld, das ich nie zu träumen gewagt hatte. Viele meiner Freunde waren aus gut situierten Familien, Diplomatensöhne und Künstlertöchter. Einer meiner besten Freunde war Tom O. Woods. Seine Eltern waren geschieden. Er war nicht religiös, gleichzeitig erzählte er mir jedoch, dass er ein großes Vorbild hatte: Jesus. Für ihn war das Wunderbare an Jesus die große Nächstenliebe. Jesus hatte niemanden verletzt, wollte nur Gutes tun und musste dafür mit dem Leben bezahlen. Tom meinte auch, dass es ungeheuerlich sei, dass im Namen Jesu so viele Menschen erniedrigt, gefoltert, misshandelt und getötet wurden. Das machte mich nachdenklich. Tom erzählte mir aber auch von Schwester Teresa aus Kalkutta, einer *„Missionarin der Nächstenliebe"*, die irgendwann im vorigen Jahrhundert sogar den Friedensnobelpreis verliehen bekam. Sie wurde immer als Heldin hingestellt, als Kraftbündel des Glaubens, als unverwüstliche Blume in der Kargheit einer Felswüste. Nein, erzählte mir Tom, Schwester Teresa – oder Mutter Teresa, wie sie oft genannt wurde – war keineswegs die selbstsichere Ordensfrau. Sie war voller Zweifel und Nachdenklichkeit. Nach ihrem Tod fand man in ihren Aufzeichnungen viele Anmerkungen über die Finsternis, die sie im Herzen trug, über ihr Alleinsein, über ihre Kälte und über ihre großen Zweifel, ob es denn einen Gott gäbe. Eine Frau also, die sich selbst mit Gotteszweifeln umgab und daran seelisch und körperlich fast zugrunde ging und trotzdem bis zum Letzten ging, wenn es galt, Armen, Kranken, und Menschen mit von Würmern und der Lepra zerfressenen Körpern ein Zuhause zu bieten. Ähnlich wie der Apostel Paulus war auch Schwester Teresa, diese zierliche, kleine, streitbare Frau, die immer ihren Willen durchsetzte. Die Regeln aufstellte, um sie dann wieder zu brechen. Die oftmals ihre Mitmenschen vor den Kopf stieß, um ihre Botschaft, nämlich die unbedingte Nächstenliebe, zu leben.

Tom war jemand, der alles hinterfragte und damit oftmals nervte. Nichts war selbstverständlich, alles hatte seinen Platz in einer übergeordneten funktionellen Hierarchie. Angeblich gibt es einen schöpferischen Plan, der wie zufällig der evolutionären Entwicklung unserer Menschheit entspricht. Offen bleibt nur die Frage, ob dieser übergeordnete Plan zur Entwicklung der Menschheit führte oder ob die Entwicklung der Menschheit gleichsam erst einen Plan entstehen ließ, der vordefiniert war und erst im Nachhinein entdeckt wurde. Er erzählte mir vom *„Intelligent Design"* und von den Zweifeln, die er dabei hatte.

Toms Vater hatte eine große, traditionsreiche Buchhandlung in der Nähe der Tower Bridge. Sie hieß *„Books and Woods"* und wurde 1965 gegründet. Die Buchhandlung war eine der renommiertesten in ganz England. Toms Vater verstand es zu Beginn des 21. Jahrhunderts sehr gut, in den Internetbuchhandel einzusteigen und damit sehr viel Geld zu verdienen. Anschließend spezialisierte er sich auf Bildbände, Weltkarten sowie Navigationssysteme für Bergtouristen und Höhlenforscher. Tom selbst hatte eine außergewöhnliche Sammlung von Kompassen und hatte immer einen dabei, was vielleicht etwas schrullig wirkte. Sogar bei der kleinsten Radtour in London meinte er, dass er nicht ohne Kompass losfahren möchte.

Tom hatte natürlich viel Gelegenheit, die verschiedensten Bücher zu lesen. Einmal fragte ich ihn, was denn sein Lieblingsbuch sei. *„Cocktail"*, meinte Tom. „Dabei handelt es sich um einen jungen Mann aus bescheidenen Verhältnissen, der sehr reich wurde, aber mit dem Reichtum nicht zurechtkam. Nachdem er alle Höhen und Tiefen des Lebens durchgemacht hatte, nahm er sich das Leben, indem er einen Drogen-Cocktail zu sich nahm."

„Also eine sehr traurige Geschichte", meinte ich.

„Ja und nein. Das Buch ist voll von Leben und Sterben, aber das macht es auch sehr lebensnah, und letztlich habe ich dabei viel über den Sinn des Lebens gelernt", antwortete Tom.

Toms Vater hieß Clark O. Woods und war ein kleiner Mann mit einer Glatze. Clark führte sein Unternehmen in vorbildlicher Weise. Er war mir sehr sympathisch, da er sehr belesen war und mir viel über Geschichte erzählen konnte. Eines Tages fragte mich Clark, ob ich bei ihm in der Buchhandlung etwas Geld verdienen wollte und ich stimmte dem sofort zu. Ich wollte ohnehin nicht immer irgendwelche Gelegenheitsjobs machen, die mir meist keinen Spaß machten. Und Buchhandlungen zogen schon immer meine Aufmerksamkeit auf sich. Es konnte mir also gar nichts Besseres passieren, als in einer Buchhandlung zu arbeiten. Ich war jeden Dienstag und Donnerstag von acht Uhr abends bis kurz nach Mitternacht und den ganzen Sonntag im Geschäft und habe Bücher geschlichtet, Kunden beraten und verschiedene Abrechnungen durchgeführt.

Das Geschäft hatte viele Stammkunden, darunter auch sehr viele junge Leute. Es war generell eine Zeit, in der die Verbindung zwischen Sport und Technik wieder sehr modern war, und deshalb kamen auch unsere Mini-Navigationssysteme für Bergsteiger, Läufer, aber auch für Tropenforscher und Tiefseetaucher wieder sehr in Mode. Auch Alex war eine Stammkundin. Sie kam oft mehrmals im Monat und besorgte sich Unterlagen für ihre Klettertouren. Oft sah sie einfach nur die Bücher durch, probierte an den Geräten, und wir unterhielten uns über ihr großes Hobby, das Sportklettern.

Ich selbst war noch nie geklettert, aber Alex erzählte darüber mit so viel Begeisterung, dass ich es auch einmal probierte. Ich muss mich wohl ziemlich ungeschickt angestellt haben, als ich zum ersten Mal mit ihr geklettert bin. Aber es machte mir Spaß. Alex erzählte mir, dass es kaum eine andere Sportart gäbe, die so ein intensives Zusammenspiel von physischer und psychischer Kraft erforderte. Ohne Muskelkraft kann man beim Klettern nichts ausrichten, aber Kraft alleine reicht nicht. Man muss auch den Kopf trainieren, die Gedanken disziplinieren, in Sekundenschnelle Entscheidungen treffen und umsetzen. Eine falsche Bewegung, ein falscher Handgriff, Nervosität oder Angst können zum Absturz führen.

Alex war um drei Jahre älter als ich und studierte technische Physik. Sie war ein hübsches Mädchen mit langen blonden Haaren, blauen Augen und einer sportlichen Figur. Und sie war intelligent, gebildet und sehr eloquent. Ich glaube, Alex hatte nie wirklich eine längere Beziehung, aber sie hatte laufend irgendwelche Freunde. Alex war so hübsch, dass sie jeden Mann haben konnte, den sie wollte. Und das war ihr bewusst und das nützte sie auch aus.

Als ich mit meinem Studium fertig war, wollte mir Clark helfen, meine Abschlussarbeit zu veröffentlichen. Ich erzählte es Alex und sie war anfangs sehr erfreut darüber, hatte dann aber eine bessere Idee. In ihrem Studium lernte sie etwas von sogenannten *„Intelligenten Materialien"*, einer neuen Kombination aus einfachen Kunststoffen und speicherfähigen Mikrochips. Es gab viele Versuche mit diesen Materialien und Alex leitete eine dieser Versuchsstudien. Das Besondere lag darin, dass man in speziellen Kunststoffen neuartige, bewegliche Mikrochips einschmolz und damit zum Beispiel intelligente Sportkleidung herstellen konnte: Handschuhe, die immer die gleiche Temperatur hielten. T-Shirts, in denen Handys aus Stoff integriert waren. Hemden mit eingebauten Kameras. Alex erzählte mir auch von ganz neuen Forschungsideen. So wurde angeblich in China bereits an Kleidung mit Hautgeneratoren experimentiert. In diesen Kleidungsstücken, die auf der Haut getragen werden, sind winzige Generatoren in Mikrofasern eingebaut, die den Heilungsprozess bei Hautverletzungen beschleunigen sollten. Besonders interessant sollte das für die plastische Chirurgie sein. Alex meinte auch, dass man kurz davorstehe, künstliches Gewebe zu züchten. Und dass es nicht mehr lange dauern würde, bis man Informationen aus dem Gehirn von längst verstorbenen Menschen herauslesen könnte. Oder bis man aus dem Sehnerv eines

Verstorbenen die letzten Bilder extrahieren könnte, die dieser Mensch gesehen hat. Auch wenn er schon über Jahrzehnte oder gar Jahrhunderte tot ist.

All das faszinierte mich. Aber ich fragte mich auch, wohin das führen sollte.

Alex wollte etwas Neuartiges mit meiner Abschlussarbeit probieren. Sie experimentierte mit einer speziellen Plastikfolie, in die man kleine Mikrochips einfügte. Sie meinte, dass man auch eine Art dünnes Buch herstellen könnte, so groß wie ein herkömmliches Taschenbuch, aber nur wenige Zehntel Millimeter dick, aus einer Folie, die sich ganz klein zusammenfalten ließ. Wollte man darin lesen, so breitete man die Folie auf die gewünschte Größe aus. Dann müsste man nur den eingebauten Mikrochip bedienen und aus der biegsamen Folie würde dünnes, aber unzerbrechliches Hartplastik, auf dem Seite für Seite der Inhalt von hunderten Büchern angezeigt werden könnte.

Ich fand diese Idee genial, obwohl sie in den Grundzügen nicht ganz neu war. Es gab bereits seit vielen Jahren biegsame Bilder, die man falten konnte und auf denen Schriften und Textzüge angezeigt werden konnten. Die verwendeten Materialien waren nicht teuer. Auch die Technik war nicht neu. Aber dass man auf dieser Basis auch ein Buch herstellen könnte, das war wirklich neu.

Alex zeigte mir die Materialien, wir machten mehrere Versuche, nahmen meinen Text, fügten ihn in das Buch ein und stellten nach einigen Monaten einen Prototyp her. Ich war erstaunt, dass so etwas möglich war. Doch wir wollten mehr. Wir wollten es nicht bei diesem einen Buch belassen und deshalb beschlossen wir, jemanden zu suchen, der diese Idee auch vermarkten könnte. Also fragten wir Clark, der viele Kontakte zu anderen Buchhändlern, zu Verlagen und Vertriebsunternehmen hatte. Er nannte uns Peter Morusch, den Chief Executive Officer von Planet.Waves.Inc., einem weltweiten Verlag, der angeblich sehr aufgeschlossen für neue Ideen war. Er meinte, wir sollten es bei ihm versuchen, obwohl er ahnte, wie schwierig es sein würde, diese Idee zu vermarkten.

Ich rief bei Planet.Waves.Inc. an und landete bei der Chefsekretärin von Peter Morusch.

„Wissen Sie", sagte Mary Rabbit, die Sekretärin von Peter Morusch, „wir bekommen täglich mehrere Anrufe von jungen Menschen, die meinen, wir müssten unbedingt ihre Idee umsetzen. Wieso glauben Sie, dass gerade *Sie* die richtige Idee haben?" Ich glaube, dass ich irgendetwas von neuen Materialien, intelligenten Büchern und ähnlichen Ideen in mein Handy gestammelt habe.

„Vielen Dank für Ihren Anruf", sagte Mary, „Mr. Morusch ist derzeit sehr beschäftigt und hat leider keine Termine frei."

Mein Mut wurde also nicht belohnt. Diese verdammten Vorzimmerdamen oder Assistentinnen des Vorstandes, wie sie sich nennen. Sie besetzen nicht nur den Vorhof zur Macht, nein, sie *„sind"* die Macht. Mary Rabbit war wahrscheinlich eine dieser jungen Frauen mit der Extraportion Durchsetzungsvermögen. Man traut es diesen meist bildhübschen Frauen kaum zu, aber eine klare Sprache haben sie definitiv. Da ist jeder Gedanke an eine Diskussion zwecklos. Aber sollte das jetzt alles gewesen sein? Nach vielen Monaten experimentieren? Gescheitert an Mary Rabbit, der Vorzimmerdame von Mr. Morusch? Gescheitert bereits vor dem Start, nicht einmal im Rennen gewesen?

Nein. Der olympische Gedanke reichte mir nicht. Ich wollte nicht nur dabei sein, ich wollte gewinnen.

Ich erzählte Alex von dem Telefonat und wir wussten zunächst nicht, wie wir weitermachen sollten. Dann hatte ich die Idee, direkt zum Büro von Mr. Morusch zu fahren, in der Hoffnung, ihn dort anzutreffen. Ich wusste, dass er in einigen Tagen seinen Geburtstag feierte, und dass er ein Liebhaber alter Rockmusik aus den 1960er-Jahren war. Also ging ich in einen Infotainment-Store und besorgte eine alte Aufnahme des Rolling-Stones-Songs *„Under My Thumb"*. Der Händler sagte mir, dass es sich um eine ganz besondere Aufnahme des Songs handeln würde. Und das zeigte sich auch im Preis.

Am Tag von Moruschs Geburtstag fuhr ich zu Planet.Waves.Inc. und sagte dem Security Guard, dass ich ein Päckchen für Mr. Morusch hätte. Er durchleuchtete das Päckchen und ließ mich in den 89. Stock hinauffahren. Als ich dort aus dem Lift ausgestiegen war, kam ich zunächst in einen abgeschlossenen Warteraum, von dem mich eine junge, attraktive Dame abholte. Ich war ziemlich nervös, sah in den Spiegel im Warteraum und sagte leise zu mir: „Das Leben eines Menschen entscheidet sich in einigen, wenigen Augenblicken. Das ist jetzt wohl ein solcher."

Die Dame, die mich abholte, war Mary Rabbit, die persönliche Assistentin von Morusch. Ich sollte recht behalten. Mary Rabbit war tatsächlich eine hübsche, schlanke Dame mit dunklen Haaren. Sie bestimmte also, wer zum Chef vorgelassen wurde und wer nicht. Und ich war definitiv jemand, der zu jener Gruppe gehörte, die *„nicht"* zum Chef durchgelassen wurden. Ich spürte es sofort. Und das stellte Mary Rabbit auch gleich unmissverständlich klar.

„Geben Sie mir das Päckchen für Mr. Morusch", sagte sie.

Sie streckte mir die Hand entgegen und wollte mir das Päckchen abnehmen, doch ich bestand darauf, es Morusch persönlich zu übergeben. „Das geht leider nicht. Mr. Morusch empfängt keine fremden Personen, und schon gar nicht Leute, die keinen Termin haben." Ich blieb jedoch hartnäckig und bestand darauf, dass sie Morusch das Päckchen überreichen solle, und ich würde solange im Wartezimmer Platz nehmen. Mary spürte wohl, dass ich nicht locker lassen würde, nahm mir mit einem milden, mitleidigen Lächeln das Päckchen ab und ging zu Morusch hinein. Nach einer Minute kam Mary mit einem Schmunzeln wieder aus dem Büro. „Drei Minuten – nicht länger", sagte sie und bat mich ins Büro von Morusch.

Mein Herz pochte noch heftiger und noch lauter, als ich das weite Büro betrat. Es war ein riesiger Raum mit

Glasfronten von der Decke bis zum Boden. Der Ausblick war überwältigend. Neben dem Konferenztisch war ein großes, mehrere Meter langes Aquarium, ebenfalls mit einer dicken Glasfront in Raumhöhe. Das Aquarium war voller Fische, darunter auch kleine Haie.

„Wissen Sie, ich liebe die Rolling Stones. *„Under My Thumb"* ist wohl einer der besten Stones-Songs, die diese Jungs jemals geschrieben haben", sagte Morusch. „Es gibt nicht mehr viel, womit mich Menschen überraschen können, Sie haben es jedoch geschafft. Gratuliere. Was wollen Sie?", sagte Morusch, mit dem Rücken zu mir stehend, den Blick aus dem Fenster gerichtet.

„Ich habe ein Buch über das wahre Leben von Wolfgang Amadeus Mozart geschrieben", sagte ich zögerlich.

„Junger Mann, wie alt sind Sie? Vielleicht 25 Jahre? Vielleicht 30? Egal. Ich bin 53 Jahre alt. Meine Eltern habe ich nie kennengelernt, ich bin durch so ziemlich jedes Waisenhaus in London gegangen. Mit siebzehn habe ich beschlossen, entweder zu sterben oder reich zu werden. Ich habe mir dafür fünf Jahre gegeben. Und wie Sie sehen, habe ich mich für den Reichtum entschieden. Reich wird man aber nicht einfach so, über Nacht, ohne Zutun. Ich habe dafür jede Wahrheit zur Lüge gebogen und die Menschen zu meinen Werkzeugen gemacht. Ich habe …"

Plötzlich erschien Mary auf einem der vielen Monitore. „Mr. Morusch, Ihre Frau ist am Videofon. Sie haben heute Ihren Hochzeitstag und sie wollte wissen, ob …"

Morusch fühlte sich sichtlich durch die Unterbrechung gestört und drehte den Monitor ab. Dann wendete er sich wieder dem Fenster zu und schaute in die Ferne. Er schien es fast etwas zu genießen, mich mitten in dem großen Raum stehen zu lassen.

„Wissen Sie, das Schöne am Reichtum ist, dass man Menschen für das Verrichten von Arbeiten bezahlt, die einem keinen Spaß machen. Ich habe viel für meinen Reichtum gearbeitet", fuhr er fort. „Aber jetzt genieße ich es, diese Freiheit der materiellen Dinge, diese Freiheit der Gedanken und diese Freiheit des Tuns zu besitzen. Ich beschäftige mich nur mit Dingen, die mir Spaß machen und mich faszinieren", sagte Morusch in einem selbstgefälligen Ton. „Und jetzt kommt ein junger Mann in mein Büro und erzählt mir von Mozart. Ich kenne die Story. Ich habe mittlerweile ein ganzes Team von Historikern engagiert, die hier tätig sind. Ich habe Exklusivrechte auf Veröffentlichungen und Verträge mit Fernsehstationen. Sie haben es mit dieser alten Musikaufnahme der Stones bis in mein Büro geschafft. Das gelingt nur wenigen. Also enttäuschen Sie mich nicht", sagte Morusch in einem ruhigen, aber bestimmten Ton.

„Natürlich ist das nicht alles", fuhr ich mit leiser Stimme fort, „Ich habe mit meiner Partnerin meine ganzen Recherchen über diese Story in ein neuartiges elektronisches Buch gegeben. Hier ist der Prototyp." Morusch drehte sich um und blickte mich an.

„Wo ist das Buch?“, fragte er. Ich hatte das Buch als Folie zusammengefaltet in der Brusttasche meines Hemdes und nahm es heraus. Es war zwei Zentimeter hoch, einen Zentimeter breit und etwa fünf Millimeter dick. Ich gab ihm das Buch.

„Was ist das? Sicher kein elektronisches Buch, oder?“, lachte Morusch.

Ich erläuterte ihm das Prinzip. Man legte die Folie auseinander und aktivierte den integrierten Mikrochip. Daraufhin verfestigte sich die Folie zu einer Platte in der gewünschten Größe, auf der man den Inhalt des Buches in der individuell einstellbaren Schriftart und Farbe sehen konnte. Morusch nahm das Gerät in die Hand und ging damit umher. Dann ging er wieder zu den großen Fenstern und blickte hinaus auf den Horizont. Er blieb eine Minute dort stehen, dann drehte er sich zu mir um, schüttelte den Kopf und schmunzelte.

„Ich glaube nicht, dass Sie damit Erfolg haben werden. Es gefällt mir aber. Hier ist die Adresse meiner Anwaltskanzlei. Lassen Sie sich zwei Millionen Dollar geben und ich nehme Ihr Spielzeug samt der Geschichte über Mozart.“

Mein Verstand setzte aus. Ich ließ mir die Zahl durch den Kopf gehen. Zwei Millionen Dollar? Alex und ich hatten vereinbart, dass sie davon 75% und ich 25% erhalten sollte. Das würde heißen, dass ich eine halbe Million Dollar bekommen würde. Mir wurde fast schwindlig angesichts dieser Summe. Ich räusperte mich kurz.

„Fünf Millionen Dollar“, gab ich zur Antwort.

„Ich sehe die Gier in Ihnen. Die Gier ist gut. Sie treibt uns an. Und Sie haben Geschmack. Sie kennen den besten Song der Rolling Stones. Lassen Sie sich drei Millionen Dollar geben und gehen Sie nun. Gehen Sie.“

Morusch drehte sich um und gab mit der rechten Hand ein kurzes Zeichen in eine an der Wand montierte Kamera. Mary Rabbit öffnete die Tür und bat mich hinaus. Sie lächelte mir zu, begleitete mich zum Lift und wünschte mir viel Glück. Während ich mit dem Lift hinunterfuhr, sagte ich leise und nicht ohne Stolz zu mir selbst: „Das war jetzt einer dieser Augenblicke, nicht Zukunft, nicht Vergangenheit, sondern ein Augenblick der Gegenwart, ein kurzes Jetzt, das ich genützt habe und das vielleicht mein Leben für immer verändern könnte.“

Alex konnte kaum fassen, was da mit unserer Erfindung geschah. Sie freute sich über das viele Geld und erzählte mir von den Träumen, die sie damit verwirklichen würde: Reisen, ein großes Haus, einen riesigen Pool, ein tolles Auto. Partys. Mit vielen Freunden.

Auch ich hatte im ersten Moment die gleichen Gedanken. Ich war inzwischen wieder zuhause in meiner kleinen Wohnung, in meinem kleinen Zimmer, steckte die Hände in die Hosentaschen und schaute aus dem Fenster. Ich beobachtete die Autos, die unten auf der Straße vorbeifuhren. Ich sah den bewölkten, dunkelgrauen Himmel an und dachte mir: „Ich habe es geschafft! Alles ist möglich mit Geld. Keine Sorgen mehr." Keine Sorgen mehr? Ja, das galt vielleicht für mich. Aber die anderen? Und dann kamen die Gedanken an den Devils Corner, an Yanaia, an all die Menschen, die ich kannte und für die ein paar Dollar das Überleben für Wochen sicherstellen konnten. Wer war ich? Einer, der aus dieser Tristesse ausgebrochen war, und plötzlich, auf einen Schlag, eine dreiviertel Million Dollar verdienen würde. In welcher Welt lebte ich, wo Glück und Trauer, Leben und Tod so eng miteinander verbunden waren? Wo ein sauberes Bett für den einen das höchste Glück war, wo ein Abend ohne Freier ein Geschenk sein konnte, und wo ein Mensch für ein *„Spielzeug"* ein paar Millionen Dollar ausgab. Nur so.

Ich verstand das nicht. Vielleicht wollte ich es nicht verstehen. Und dann spürte ich auch eine gewisse Distanz zu Alex, zu ihrer Einstellung. Ja, sie sollte ihre Partys haben, Autos, Häuser. Freunde, mit denen sie in den Nächten das Glück verbrauchte, das sie am nächsten Tag so verzweifelt suchen würde. Alex wusste nicht, was es hieß, in den Slums aufzuwachsen, Menschen zu haben, die das Wort Freund auch wirklich verdienten, aber auch zu sehen, wie man diese Menschen verliert, sei es durch Unfälle, Drogen, Krankheit oder Selbstmord.

Aber was brachten mir diese Gedanken? Was änderten sie? Wohl nicht sehr viel. Vielleicht ist es einfach gut, das Glück zu nehmen, wie es kommt. Es zu genießen, wenn es einem unverhofft begegnet. Eben das Jetzt zu fassen und zu halten, solange es geht.

Alex und ich gingen gleich am nächsten Tag zu Jonathan Prince, dem Anwalt von Peter Morusch. Prince gab jedem von uns einen etwa zwanzigseitigen Vertrag und erklärte uns den Inhalt. Wir würden drei Millionen Dollar erhalten, dafür müssten wir die Erfindung mit dem Buch samt Inhalt an die Planet.Waves.Inc. abtreten. Allerdings würde jeder von uns für jedes verkaufte Exemplar zwei Dollar erhalten. Morusch war ein fairer Geschäftsmann. Auch Jonathan Prince war ein Mann, dem man vertrauen mochte.

Wir nannten Prince unsere Kontonummern und tatsächlich landeten unsere Anteile drei Tage später auf unserem Konto. Unvorstellbare 750.000 Dollar für mich. Ich konnte es noch immer nicht fassen.

Es vergingen einige Tage, in denen ich versuchte mein Leben zu ordnen und Pläne zu fassen. Aber was sollte ich ordnen? Was sollte ich planen? Hätte ich mein Leben durchgeplant, wäre ich dann in Prag gelandet? Hätte ich – mit Planung – auf der Karlsbrücke beim Betrachten eines Straßenmalers ein Mädchen namens Monika kennengelernt? Hätte ich ihr Doppelleben in Krakau erkennen können? Wäre ich dann jemals nach London gekommen, hätte ich jemals ein Studium abgeschlossen? Nein. Ein Plan ist der sichere Weg zu einem mittelmäßigen Leben.

Kapitel 8

Verantwortung oder die Absicht,
auf eine Situation eine Antwort zu geben.

Einige Tage nach Vertragsunterzeichnung bei Jonathan Prince erhielt ich einen Anruf von Peter Morusch. „Ich habe Ihr Buch über Mozart gelesen. Ihre Recherchen sind gut. Und die Sache mit dem elektronischen Buch wird sich wohl auch verkaufen. Ich würde Sie gerne zu einem Abendessen einladen. Morgen, um zwanzig Uhr im Executive Park Hotel. Seien Sie pünktlich!“

Ich war aufgeregt, da ich wusste, dass ein Abendessen mit Morusch nichts Alltägliches war. Ich fuhr so rechtzeitig zum Hotel, dass ich eine halbe Stunde vor dem Termin eintraf. Ich ging noch ein bisschen in den angrenzenden Park und betrat dann pünktlich um acht Uhr das Hotelrestaurant. Es war eines der besten Restaurants in der Stadt. Nicht besonders groß und sehr schlicht eingerichtet. Offensichtlich wusste das Personal, dass ich ein Treffen mit Morusch hatte. „Guten Abend! Sie kommen zu Mr. Morusch? Ich darf Sie zu ihm führen“, sagte die Empfangsdame am Eingang des Restaurants. Sie erinnerte mich spontan an Mary Rabbit, Moruschs Vorzimmerdame. Aber anders als Mary Rabbit war diese Dame weniger angsteinflößend. Morusch war bereits dort und es war mir unangenehm, dass er auf mich warten musste. Obwohl ich pünktlich war.

Morusch saß aufrecht am Tisch. Er war gut gekleidet. Schwarze Hose, schwarzes Gilet, schwarzes Sakko. Ich sah eine goldene Kette, die aus der Tasche zum Knopf des Gilets führte, und die auf eine Taschenuhr hindeutete. Morusch trug ein faltenfreies, weißes Hemd mit Manschettenknöpfen, auf denen seine Insignien waren. Dazu eine dunkle Krawatte. Auch für einen Fremden war auf einen Blick ersichtlich, dass er es mit einer Persönlichkeit zu tun hatte. Morusch imponierte mir.

Morusch las in einem Buch. Auch als ich an den Tisch herangetreten war, las er weiter. „Setzen Sie sich“, sagte er mit ruhiger Stimme, ohne mich anzublicken. Ich setzte mich ihm gegenüber und wusste nicht so recht, was ich sagen sollte. Morusch las weiter in seinem Buch. Er ließ sich von meiner Anwesenheit nicht aus der Ruhe bringen. Es vergingen vielleicht zwei, drei Minuten, bis er mich plötzlich – wiederum ohne mich anzublicken – fragte: „Sind Sie verheiratet?“ – „Nein“, erwiderte ich und war froh, dass das Schweigen gebrochen war. „Haben Sie eine Freundin?“, fragte er weiter. „Nein“, antwortete ich. „Gut.“ Kurzes Schweigen. „Literatur ist die beste Freundin. Sie ist intelligent, sie macht einen glücklich und nachdenklich. Sie fordert heraus. Und sie widerspricht in einer besonderen Art, direkt und trotzdem nicht verletzend.“ Er sah mich zum ersten Mal an und sagte:

„Werd' ich zum Augenblicke sagen:
Verweile doch! Du bist so schön!
Dann magst du mich in Fesseln schlagen,
Dann will ich gern zugrunde gehn!
Dann mag die Totenglocke schallen,

Dann bist du deines Dienstes frei,
Die Uhr mag steh'n, der Zeiger fallen,
Es sei die Zeit für mich vorbei!"

„Faust. Der Tragödie erster Teil. 1808 geschrieben von Johann Wolfgang von Goethe", antwortete ich nicht ganz ohne Stolz. „Ich habe dieses Stück während meines Studiums mehrmals gelesen."

Morusch war erstaunt. „Nicht viele junge Menschen kennen heutzutage die klassische Literatur. Eigentlich schade. Sie hat so viel Weisheit in sich. Faust hat sich verkauft, an den Tod. Er erhielt zu Lebzeiten all das, was einem Sterblichen verwehrt bleibt. Aber er musste ihm dafür einen Schuldschein auf seine Seele unterschreiben." Er schmunzelte etwas. „Kein guter Deal für Faust. Ein kurzfristiges Glück in der Gegenwart und viel Leid in der Ewigkeit. Wie in der Politik. Langfristige Ziele werden oft den kurzfristigen, wahlgewinnenden Versprechen auf Steuersenkungen geopfert. So zeitgemäß kann ein Stück sein, das vor mehr als 200 Jahren geschrieben wurde."

Morusch blickte den Kellner an, der sofort an den Tisch kam, die Flasche Weißwein in die Hand nahm und mir einschenkte.

„Ein Chardonnay aus Kalifornien. Angeblich einer der Spitzenweine vom besten Weingut der USA", sagte Morusch. „Angeblich?", erwiderte ich. „Ich trinke keinen Alkohol", sagte Morusch. „Aber ich überrasche meine Gäste sehr gerne mit sehr guten Weinen. Die meisten meiner Abendessen sind geschäftlich und ein guter Wein kann dabei Wunder bewirken."

„Was werden Sie mit dem vielen Geld machen?", fragte mich Morusch.

„Ich weiß es noch nicht. Ich möchte etwas Sinnvolles damit tun."

„Vielleicht kann ich Ihnen dabei helfen", sagte Morusch mit einem kleinen Lächeln auf den Lippen.

Und während der Kellner die Speisen servierte, begann Morusch, mir von seinem Leben zu erzählen. Wie er in einer sehr armen Familie in Liverpool aufgewachsen war. Wie er die Schule abbrechen musste, um für seine Familie betteln zu gehen. Wie er zu lesen begonnen hatte, zunächst Redakteur bei einer kleinen lokalen Zeitung wurde und später eine eigene Zeitung herausgab. Wie er die richtigen Leute zur richtigen Zeit kennenlernte. Wie er sein erstes, kleines Unternehmen gründete, später ein Verlagsunternehmen kaufte und daraus die Planet.Waves.Inc., eines der größten Verlagshäuser der Welt, machte.

Als er mit seinen Erzählungen fertig war, sah er mich an. „Sie haben Feuer in den Augen. Sie haben Verstand und Sie sind zielstrebig. Sie verbergen mir etwas, das die Basis für Ihr Handeln ist. Sie haben ein Geheimnis, das Sie antreibt. Das ist gut so", sagte Morusch.

Und dann erzählte er mir von einem neuen Unternehmen, das er zu kaufen beabsichtigte. Es handelte sich um die Lisede plc. Lisede steht für Life Security Devices. Diese Firma beschäftigt sich – wie der Name schon sagt – mit Geräten, die mehr Sicherheit ins Leben bringen können. Dabei handelt es sich jedoch nicht um sogenannte Sekundär-Sicherheitsgeräte wie zum Beispiel die neuen Autos, die bei einem Unfall in Nano-Sekundenschnelle ein Schaum-Gas-Gemisch freisetzen, das die Insassen des Autos unverletzt aus dem Auto steigen lässt. Es handelt sich um Primär-Sicherheitsgeräte, das heißt um Geräte, die in unmittelbarem Zusammenhang mit dem menschlichen Körper stehen. Das ist eine Weiterentwicklung der sogenannten Body-Chips, die im Jahr 2014 erstmals die Zulassung durch die amerikanische Drug and Food Control bekamen. Body-Chips waren einfache Mikrochips in Millimetergröße, die man sich unter die Haut einpflanzen lassen und von denen man die wichtigsten Gesundheitsdaten ablesen konnte. So waren in diesen Chips zum Beispiel alle Krankenhausaufenthalte, alle Krankheiten, Entwicklung der Blutwerte im Laufe der Zeit oder sämtliche Impfungen samt Erinnerungsfunktionen gespeichert. Anfangs war die Skepsis gegenüber solchen Body-Chips sehr groß. Besonders die damals politisch sehr aktiven und populären Ethno-Parteien waren streng gegen solche – wie sie es formulierten – Hypertransparenz des Individuums. Trotzdem konnte der Siegeszug dieser Body-Chips nicht gestoppt werden und die meisten Staaten der Welt hatten diesen Body-Chip für ihre Bürger eingeführt. Es war ein Zeichen der neuen Welt, mit einem Body-Chip ausgestattet zu sein.

Es gab im Laufe der Zeit immer mehr Unternehmen, die im Body-Chip-Sektor tätig waren: Chip-Produzenten in Billiglohnländern wie dem Sudan oder dem Tschad. Logistik-Konzerne, die weltweit die Distribution und Lagerung dieser Chips vornahmen, und Ärzte, die sich mit der Einpflanzung und Wartung der Chips beschäftigten.

Lisede arbeitete an der Weiterentwicklung dieser Chips. Das Unternehmen wurde 2024 von Mike Adams, einem als sehr charismatisch und zynisch bekannten Sohn eines Schriftstellers, gegründet. Bald hatte das Unternehmen neue Ideen, neue Patente und viele Abnehmer für seine Produkte.

Lisede machte viele Laborversuche, um die Body-Chips weiter zu entwickeln. Zunächst ging es um einfache Entwicklungen. So gelang es dem Unternehmen zum Beispiel, ein voll funktionsfähiges Global Positioning System, kurz GPS, in den Body-Chip einzubauen. Dieses GPS war nur Bruchteile eines Millimeters groß und hatte einen Distance Error von 0,02 Metern. Somit konnte man den Aufenthaltsort eines Menschen mit einer Genauigkeit von zwei Zentimetern Abweichung bestimmen – und das weltweit.

Weiters integrierte man in diese Body-Chips vollwertige Datenbanken im Ausmaß von mehreren Terabytes. Dadurch war es möglich, hochauflösende Röntgenbilder am Chip abzuspeichern.

Später wurden winzige, aber hochempfindliche Sender eingebaut, die sicherstellten, dass bei einem Krankenhausaufenthalt ein Arzt über Funk alle Daten eines Patienten am Bildschirm sehen konnte – noch ehe er den Patienten zu Gesicht bekam.

Morusch kannte das Unternehmen sehr genau. Er hatte sich bereits seit mehr als einem Jahr damit beschäftigt. Es gehörte einem Finanzkonsortium, das aus mehreren großen amerikanischen und asiatischen Banken bestand. Morusch wusste aus gut informierten Kreisen, dass die Banken einen neuen Eigentümer suchten, um das Unternehmen möglichst rasch zu verkaufen. Er war an diesem Unternehmen höchst interessiert.

„Wie viel kostet das Unternehmen?“, fragte ich neugierig. „Das hängt von den medizinischen Zulassungen der neuen Patente des Unternehmens ab“, sagte Morusch. „Der derzeitige Wert des Unternehmens beträgt ungefähr 120 Milliarden Dollar. Aus Anwaltskreisen ist zu hören, dass die neuen Patente kaum eine Zulassung durch die strenge Drug and Food Control erhalten würden, weshalb der Preis in den nächsten Wochen stark fallen dürfte.“

„Warum möchten Sie das Unternehmen dann kaufen?“

Morusch schmunzelte und sein Schmunzeln hatte etwas Diabolisches an sich. „Die meisten Anwälte verstehen nichts von der Wirtschaft. Allerdings sind sie die heiligen Kühe der Banker. Egal, was die Anwälte sagen – die Banker vertrauen ihnen fast bedingungslos. Allerdings sind Anwälte meist sehr oberflächlich. Sie beurteilen

Unternehmen nicht nach Visionen, sondern nach Rechten. Sie kennen die wirklichen Werte von Lisede nicht. Es handelt sich nämlich um einige Top-Experten auf dem Gebiet der technischen Medizin, die bereits in sehr jungen Jahren durch verschiedene wissenschaftliche Arbeiten aufgefallen sind. Es sind Leute mit Visionen."

„Woher wissen Sie das?", fragte ich weiter.

„Man muss nur die Augen offen halten und eins und eins zusammenzählen können. Lisede könnte sich innerhalb von einigen Jahren zu einem der innovativsten Unternehmen weltweit entwickeln, wenn man diese Leute in einen Management-Plan integriert und ihnen die Freiheit gibt, ihre Ideen umzusetzen."

„Von welchen Ideen sprechen Sie?"

„Es handelt sich um eine Weiterentwicklung der Body-Chips. Kein GPS und auch kein Nano-Speicher. Das sind, sowohl technisch als auch medizinisch gesehen, Errungenschaften von gestern. Bei den Visionen dieser jungen Experten handelt es sich um sogenannte Medical Recreation Systems, kurz MRS. Vereinfacht ausgedrückt wird der Body Chip mit einer hochentwickelten Software verknüpft. Von dieser Software werden mehrere tausend Depots gesteuert. Diese Depots sind winzige Carbon-Behälter, die nur einige Tausendstel Millimeter groß sind und eine theoretische Lebensdauer von 400 Jahren haben. Diese Depots sind gemeinsam mit der Software das Herzstück der Body-Chips."

„Wozu dienen diese Depots?“, fragte ich neugierig.

„Die Depots können verschiedene Medikamente, hochkonzentrierte Impfstoffe, Vitamine, Krebs-Blocker und viele andere chemische Verbindungen enthalten. Die Depots werden alle zehn Jahre in einem Krankenhaus mit allen nur erdenklichen Konzentraten aufgefüllt. Die Software im Chip kontrolliert in Sekundenabständen sämtliche Funktionen des menschlichen Körpers, Vitaminwerte, Krankheitswerte, Blutwerte, Fieber, Antikörper, Mangelerscheinungen, Stresszustand, Organfunktionen – einfach alles, was in einem menschlichen Körper gemessen werden kann. Diese Werte werden in den Mini-Chip eingespeist und die Software mischt die notwendigen Konzentrate aus den Mini-Depots zusammen. Diese Mischung wird anschließend in einem sogenannten Kontroll-Depot qualitätsgesichert und dann in der richtigen Dosis dem Körper zugeführt.“

„Das hört sich ja sehr interessant an. Aber wozu benötigt die Menschheit eine solche – sagen wir einmal – Erfindung?“

„Betrachten Sie doch einmal die enormen Vorteile dieser Chips. Bereits bei der Geburt wird den Babys ein derartiger Mini-Chip mit tausenden gefüllten Depots in den Körper eingepflanzt. Ein Body-Chip ist derzeit noch fast einen Millimeter groß. Es gibt bereits Pläne, die von einer Gesamtgröße von einem Hundertstel Millimeter sprechen und eine Einpflanzung bereits im Mutterleib vorsehen. Mit diesem Body-Chip erspart man sich letztlich viele Arztgänge: Eine aufkeimende Krankheit wird automatisch mit den richtigen Mitteln bekämpft – noch ehe die betroffene Person Krankheitssymptome bemerkt und diese, wie sehr oft, verdrängt. Alles was geheilt werden könnte, wenn man es nur frühzeitig erkennt und behandelt, würde automatisch – ohne Zutun vom Betroffenen oder von einem Mediziner – behandelt. Der Mensch würde gezielt behandelt werden, keine falschen Diagnosen, keine Hypochonder. Alle Impfungen würden beim Erreichen eines bestimmten Alters oder nach Ablauf einer bestimmten Frist zeitgerecht und in der richtigen Dosis verabreicht. Der Körper würde zu jeder Tages- und Nachtzeit mit den notwendigen Vitaminen versorgt werden. Ich könnte Ihnen noch so viel von diesen Plänen erzählen und Sie würden aus dem Staunen nicht herauskommen“, sagte Morusch, und ich erkannte an seinem erzählerischen Eifer zum ersten Mal so etwas wie Emotionen.

Diese Visionen klangen tatsächlich sehr spannend. „Glauben Sie, dass das eine Erfindung ist, die für jeden gedacht ist?“, fragte ich weiter.

„Zunächst wird man diese MRS-Chips dort einsetzen, wo man an einer lückenlosen medizinischen Versorgung am meisten interessiert ist, jedoch die entsprechende Logistik fehlt. Also im militärischen Bereich. Die Chips könnten bei Soldaten eingesetzt werden, die in Kampfhandlungen weit weg von den gewohnten medizinischen Einrichtungen stehen. Aber auch bei Kosmonauten, die oft monatelang durch das Weltall fliegen. Natürlich wäre es im Laufe der Zeit dann auch interessant, die Chips flächendeckend in den unterentwickelten Armenländern einzusetzen, um eine medizinische Grundversorgung aufrecht zu erhalten. Um auf Ihre Frage zurückzukommen: Ja, letztlich sollte der Chip jedem Menschen auf dieser Welt eingesetzt werden und ich versichere Ihnen, dass dies keine Utopie ist. Diese Entwicklung ist nicht aufzuhalten und schon in fünfzehn oder zwanzig Jahren wird dieser MRS-Chip so selbstverständlich für den Menschen sein wie die Luft zum Atmen."

„Aber wo wird das enden? Ist so eine Entwicklung nicht auch gefährlich? Da überlässt man das Denken, das Gefühl und die Verantwortung für seinen Körper einfach einem Computer im Mikroformat, der je nach Gebrauch die Tore der Nano-Depots öffnet und den Körper mit allem Notwendigen versorgt? Wo bleibt da die Verantwortung für die eigene Gesundheit, für das eigene Leben?"

„Verantwortung, sagen Sie?", erwiderte Morusch mit einem zynischen Lächeln. „Was meinen Sie mit *Verantwortung?* Verantwortung ist die Absicht, auf eine Situation eine Antwort zu geben, nicht wahr? Es ist der freiwillige oder unfreiwillige Drang, sich mit einer Situation, mit einem Menschen oder mit einem Zustand auseinanderzusetzen. Auf dieser Erde leben mittlerweile 22 Milliarden Menschen. 90 Prozent davon, also fast 20 Milliarden Menschen, leben unter der Armutsgrenze, die meisten davon können sich kaum richtig ernähren, geschweige denn richtig medizinisch versorgen. Diese Menschen würden gerne eine Antwort auf ihre Situation haben, also

Verantwortung tragen. Es gelingt aber nicht, da es die Umstände gar nicht zulassen. Diese Verantwortung kann den Menschen abgenommen werden, zum Beispiel durch die Verwendung solcher MRS-Chips."

Morusch verstand es zu begeistern. Er hatte offenbar auf alles eine einfache Erklärung. Und das Thema war hochinteressant. Aber wo wird das Ganze enden, dachte ich. Wo wird die Entwicklung aufhören? Was würde so ein Fortschritt für die Menschheit bedeuten? Heißt das, dass wir in einigen Jahrzehnten weniger häufig krank sind? Was werden wir mit der gewonnenen Zeit tun? Mehr arbeiten oder mehr Freizeit verbringen? Oder wird das Ganze nur einigen Privilegierten, der reichen Oberschicht, vorbehalten sein?

Morusch erkannte wohl meine Gedanken. „Fortschritt ist grundsätzlich gut", sagte er mit überzeugter Stimme. „Ohne Fortschritt würden wir heute nicht zum Mars fliegen können. Ohne Fortschritt würden wir heute nicht in den großen Metropolen dieser Welt unterirdische Straßenzüge, Büros, Wohnungen und künstliche Gewässer haben. Ohne Fortschritt würde es nicht möglich sein, Häuser wie das Orbit-Center in Brasilia mit einer Höhe von über 3.000 Metern zu bauen. Jeder Fortschritt hat aber auch eine negative Seite. Und Sie fragen sich zu Recht, was die negative Seite der MRS-Chips sein könnte. Ich sage es Ihnen ganz ehrlich: Ich weiß es nicht. Vielleicht wächst unsere Lebenserwartung um zehn, zwanzig Jahre. Vielleicht explodiert die Weltbevölkerung noch stärker. Ich weiß es nicht. Aber das heißt nicht, dass wir aufhören dürfen, an der Zukunft zu arbeiten“, sagte Morusch. „Wir brauchen Visionen und müssen daran arbeiten. Unsere Kinder und Enkelkinder werden diese Visionen ebenfalls haben. In einigen Jahrzehnten wird es dann wohl nicht mehr notwendig sein, die Nano-Depots in regelmäßigen Abständen auffüllen zu lassen. Das wird wahrscheinlich über die Transformation von Materie ganz von selbst gehen. So wie Sie heute in die U-Bahn einsteigen und ein System automatisch Ihre Fahrberechtigung erkennt, werden in einigen Jahrzehnten beim Durchschreiten dieser Sperre möglicherweise ihre Nano-Depots in Sekundenschnelle über Materientransformation aufgefüllt, ohne dass Sie es bemerken.“

Morusch strahlte vor Begeisterung über diese Zukunftsvisionen.

Ich nahm einen Schluck Wein, lehnte mich zurück und verschränkte die Arme. „Warum erzählen Sie mir das alles?“, fragte ich.

Morusch lächelte. „Sie sagten, Sie wollen etwas Sinnvolles mit dem Geld tun, das Sie mit dem Verkauf Ihrer Erfindung verdient haben. Sie können es in Lisede investieren. Meine Anwälte haben errechnet, dass das Unternehmen sehr stark an Wert verlieren wird, sobald die Drug and Food Control den negativen Bescheid für das neue Patent des MRS-Chip ausgestellt hat. Genau das wird der Zeitpunkt sein, das Unternehmen zu kaufen – zu einem sehr günstigen Preis. Ich kenne aber Leute mit Ideen. Wissenschaftler, Anwälte. Sie sagen, dass der negative Bescheid nicht haltbar ist und bereits in der ersten Instanz aufgehoben werden würde. Das liegt daran, dass die Drug and Food Control von Idioten besetzt ist. Sie kennen weder die genauen Gesetzestexte noch die legalen Schlupflöcher. Glauben Sie mir, der Bescheid wird nicht halten. Und, sobald der negative Bescheid aufgehoben ist, wird der Aktienkurs explodieren."

„Sie sagten, dass das Unternehmen derzeit 120 Milliarden US-Dollar wert sei. Wie viel wird das Unternehmen nach dem Negativ-Bescheid wert sein?", fragte ich neugierig.

„Wahrscheinlich weniger als eine Milliarde", sagte Morusch mit seinem schelmischen Lächeln.

„Wozu benötigen Sie dann meine 750.000 Dollar?"

„Ich sagte nicht, dass ich Ihr Geld brauche. Ich sagte nur, dass Sie vielleicht etwas Sinnvolles damit anfangen könnten. Investieren Sie es und ich garantiere Ihnen, dass Sie in ein paar Jahren ein Vielfaches davon haben werden."

Ich schwieg und überlegte. „Wieso erzählen Sie ausgerechnet mir davon?"

„Weil ich meine, dass Sie diese gewisse Konsequenz und Disziplin haben, auch einen guten Job in dieser Firma zu übernehmen."

„Ich soll bei Lisede arbeiten?", fragte ich erstaunt.

„Ja."

„Was soll ich dort machen?“, wollte ich weiter wissen.

„Ich möchte, dass Sie im Bereich Innovationen arbeiten. Und in einigen Jahren können Sie dort auch Manager werden und Mitarbeiterführung übernehmen. Sie haben mit Ihrem faltbaren Buch und mit Ihrer Story über Mozart bewiesen, dass Sie an der Zukunft interessiert und für Neues aufgeschlossen sind. Bei Lisede können Sie die Zukunft der Menschheit mitbestimmen. Und so nebenbei können Sie ihre Investition vervielfachen, indem der Aktienkurs des Unternehmens steigt“, sagte Morusch.

Ich wurde etwas nervös. Ich, gerade ich, aufgewachsen in den Slums von Kairo, Schmutz und Krankheit, Drogenschmuggel, Risiko, viel gewonnen und noch mehr verloren. Ich sollte Manager in einem aufstrebenden Unternehmen werden und – so nebenbei – mein Vermögen vervielfachen? Ich konnte es kaum fassen. „Ihr Angebot ehrt mich“, sagte ich, „ich werde es überdenken. Geben Sie mir eine Woche und ich sage Ihnen, ob ich es annehme.“ Ich dachte, dass ich mein Gehalt besser verhandeln könnte, wenn ich nicht gleich zusagte.

Morusch war ehrlich und direkt. „Ihr Gehalt wird so gut sein, dass Sie sich alles kaufen können, wovon Sie träumen. Sie wollen eine Woche Zeit zum Überlegen? Was wollen Sie überlegen? Ich gebe Ihnen Zeit bis morgen, zwölf Uhr mittags. Hier haben Sie meine Telefonnummer. Wenn ich bis dahin nichts höre, vergessen Sie unser Gespräch.“

Morusch stand auf und ging ohne weitere Worte aus dem Restaurant. Ich saß noch ein paar Minuten da und wusste von der ersten Sekunde an, dass ich das Angebot annehmen würde. Natürlich. Was hatte ich zu verlieren? Morusch wirkte seriös, er wusste, was er tat. Ich vertraute ihm.

„Also gut. Ich nehme Ihr Angebot an“, sagte ich am nächsten Tag um halb zwölf am Telefon. Morusch schwieg kurz. Ich weiß nicht, ob er überrascht war oder nicht. „Sie beginnen mit einem Jahresgehalt von 500.000 Dollar. Sie erhalten bei Erreichen des Managementlevels eine Gewinnbeteiligung von zehn Prozent und ein Jahresgehalt von 1,5 Millionen Dollar“, sagte er.

Ich konnte es nicht fassen. Morusch räumte mir eine Gewinnbeteiligung ein – und nannte mir einen unvorstellbar hohen Betrag als Gehalt. Was sollte ich mit so viel Geld machen? Ging das alles mit rechten Dingen zu? Wo war der Haken an der Sache? Mir gingen viele Dinge durch den Kopf. Die Aussichten auf so viel Geld trübten jedoch meine Sinne. Ich kannte weder Lisede, noch die rechtliche Situation mit positiven oder negativen Bescheiden. Und trotzdem willigte ich ein. Ja, Gier ist gut, hieß es. Und Geld kann blind machen. Mit Geld ist alles zu kaufen. Und jeder. Wohl auch ich.

Kapitel 9

Wer bin ich, fragte ich mich, die Hände in der Hosentasche und aus dem Fenster meines Büros blickend.

Peter Morusch wurde zu meinem besten Freund. Mittlerweile ist es fast zehn Jahre her, als mich Peter zum Abendessen einlud und mir das Angebot machte, mein kleines Vermögen von 750.000 Dollar in Lisede zu investieren. Peter hatte ein gutes Gespür. Die Firma entwickelte sich tatsächlich überdurchschnittlich gut. Zunächst wurde das Patent für das MRS, das Medical Recreation System, abgelehnt und der Aktienkurs stürzte ab. Peter kaufte Lisede zu einem äußerst günstigen Kurs und auch ich investierte mein gesamtes Vermögen. Und ich stieg – wie seinerzeit vereinbart – mit einem attraktiven Grundgehalt ein. Ich übernahm später den Bereich für Innovationen und setzte mich mit den Wissenschaftlern rund um das MRS-Programm und die Weiterentwicklung dieses Chips auseinander. Ab diesem Zeitpunkt bekam ich auch die Gewinnbeteiligung. Peter kannte aufgrund seiner Tätigkeit bei seinem Verlagshaus Planet.Waves.Inc. sehr gute Anwälte, die er mit der Erlangung der Patente für das MRS betraute. Sie wurden sehr hoch bezahlt. Sollte der negative Bescheid der Drug and Food Control tatsächlich erfolgreich angefochten werden können, würde jede der drei Sozietäten 150 Millionen Dollar erhalten. Und Peter ahnte, wie sich das Verfahren entwickeln würde.

Tatsächlich vergingen nicht mehr als vier Monate bis die Drug and Food Control den negativen Bescheid zurückziehen musste. Das MRS wurde zunächst für die USA und nach einem Jahr weltweit zugelassen. Wie es Peter vorausgesagt hatte, stieg der Aktienkurs des Unternehmens gewaltig. Peter hatte mit dem 15fachen gerechnet, tatsächlich stieg der Wert um mehr als das 150fache. Und mein Anteil von 750.000 Dollar hatte plötzlich einen Wert von fast 120 Millionen Dollar!

Durch meine Gewinnbeteiligung und meine Stock Options verdiente ich nochmals rund 50 Millionen Dollar pro Jahr. Durch diverse Immobilientransaktionen konnte ich mein Vermögen ebenfalls steigern und bald wurde mir ein Platz unter den reichsten hundert Personen der USA zuteil. Und das mit erst 37 Jahren.

Ich fragte mich sehr oft, was ich dafür getan hatte. Viele Menschen würden täglich viel härter als ich, viel länger als ich arbeiten. Und unter viel widrigeren Umständen. Viele Menschen würden den ganzen Tag nur für ein paar Dollar arbeiten, mit denen sie ihre ganze Familie ernähren mussten. Und ich? Ich verdiente in einer einzigen Stunde, ja in einigen Minuten mehr als die meisten Menschen dieser Welt in ihrem ganzen Leben. Ich konnte nicht behaupten, dass mich das nicht verfolgt hätte. Der Gedanke war mir manchmal richtig zuwider. Ich fühlte mich schlecht und schuldig, und ich hatte Gewissensbisse. Aber ich hatte auch immer das Gefühl, das Richtige getan und mit meinen diversen Entwicklungsprojekten mein Geld richtig eingesetzt zu haben.

Lisede wurde nach der Zulassung des MRS zu einem der größten Konzerne weltweit. Peter Morusch, der 75%-Eigentümer, war im Aufsichtsrat, gemeinsam mit mehreren Generaldirektoren und befreundeten Firmenchefs. So war Ken Gates, der Sohn von Microsoft-Gründer Bill Gates, ebenso im Aufsichtsrat vertreten wie George Charlwood, Chief Executive und Chairman von Uniglobe Travel, das die Reisen zum Mars exklusiv vermarktete und gemeinsam mit dem europäischen WRLogistics die Mars-Shuttles dafür zur Verfügung stellte.

Die erste Zeit bei Lisede war nicht einfach. Die Strukturen waren völlig veraltet, es gab zu viele Leute im sogenannten Management und zu viele Abteilungen. Die unterste Ebene bestand zum überwiegenden Teil aus einfachen Mitarbeitern, die kaum einen wirklichen Beitrag zum Unternehmenserfolg leisteten. Andererseits gab es einige wirklich gute Leute, vorwiegend junge Wissenschaftler, die mit sehr guten Ideen aufwarteten. Sie waren die zukünftigen Träger des Erfolges und mir war klar, dass ich diese Mitarbeiter fördern musste.

Mein Bereich *„Innovations"* bestand zunächst aus fünf Abteilungen mit jeweils 15 bis 25 Mitarbeitern. Als ich meinen Job als Bereichsleiter antrat, führte ich mit jedem ein ausführliches Gespräch, ließ mir die Performance-Statistiken zeigen, sah mir die Ausbildungsmöglichkeiten an und machte mir ein Bild über die Effektivität der Prozesse. Am wichtigsten war mir jedoch herauszufinden, wer in meinem Bereich das Potenzial hatten, einen wesentlichen Beitrag zum Unternehmenserfolg leisten zu können. Da gab es einerseits Mitarbeiter mit unglaublich guten Ideen, Freidenker, Querdenker und kreative Träumer. Ich liebte diese Leute – sie wollten ihre Ideen verwirklichen, hatten Illusionen und Träume und waren bereit, aus der Komfort-Zone herauszutreten. Genau solche Leute brauchen wir, dachte ich. Andererseits gab es Mitarbeiter, die um neun Uhr morgens kamen und um fünf Uhr abends die Firma verließen. Eben einem Nine-to-Five-Job nachgingen. Natürlich konnte niemand verlangen, dass sie mehr als die verpflichtende Arbeitszeit von vierzig Stunden pro Woche erfüllten. Aber sie waren einfach nicht bereit, die sogenannte Extra Mile zu gehen und noch zwei, drei Stunden anzuhängen. Solche Mitarbeiter versuchten wir abzubauen.

Nach einigen Wochen machte ich einen strategischen Fünf-Jahres-Plan für meinen Bereich. Ich setzte Ziele fest, sowohl qualitative als auch quantitative Ziele für jede Abteilung und jeden Mitarbeiter. Ich setzte das Fünf-Jahres-Kosten- und Ertragsbudget fest und fixierte die verschiedenen Ziele, meist Key Performance Indicators wie Umsatz- und Ertrags-Ziffern, Produktivitäts- und Cost-Income-Ratios pro Abteilung, Output-Ratios und so weiter. Ich schlankte den Bereich von 100 auf 74 Mitarbeiter ab, was sicher das Schwierigste war. Aber es ist immer das Gleiche. Das Außergewöhnliche wird im Laufe der Zeit zum Gewöhnlichen. Bei der ersten Kündigung eines Mitarbeiters kann man Tage zuvor nur noch schlecht schlafen. Wie soll man es dem Mitarbeiter sagen? Wie wird er es verkraften? Welche Reaktionen sind zu erwarten? Dabei ging es weniger um die sehr starken Mitarbeitervertretungen, die Unions. So wenig schmeichelhaft es klingt, aber diese Unions waren in fast allen Unternehmen käuflich. Nein, es ging mir vielmehr darum, wie man Kurzschlusshandlungen von Mitarbeitern verhindert. Es vergingen kaum Kündigungswellen in großen Unternehmen, die nicht von sogenannten „Company Attacks“ begleitet waren. Mitarbeiter sahen keine andere Möglichkeit, als dem Unternehmen durch Bombendrohungen, Selbstmorddrohungen, vergiftete Lebensmittel, Erpressungen und dergleichen zu schaden, sobald sie von ihrer Kündigung erfahren hatten. Auch in meinem Effizienzprojekt gab es eine Bombendrohung gegen Mitarbeiter und das Management. Und das Merkwürdigste an dieser Sache war, dass mit jeder Company Attack der Aktienkurs in die Höhe schnellte, weil die Anleger wussten, dass Mitarbeiter abgebaut wurden und somit die Kostenbasis schlanker wurde.

Ich fragte mich sehr oft, wie ich das Ganze mit meinem Glauben vereinbaren konnte. Manchmal hatte ich das Gefühl, dass all das, was ich in meiner Jugend gelernt und erfahren hatte, die ganze Geschichte mit Monika, die mich geprägt hat, die kleinen und großen Schicksalsschläge, mit denen ich konfrontiert wurde – dass all das in Vergessenheit zu geraten schien angesichts des zunehmenden Reichtums, den ich immer mehr genoss.

Irgendwie stumpft man im Laufe der Zeit eben ab. Wie gesagt, jede Führungskraft schläft schlecht vor dem ersten Kündigungsgespräch. Aber niemand kann sich an den zehnten oder fünfzigsten Mitarbeiter, den er gekündigt hat, erinnern. Wahrscheinlich könnte ein Soziologe oder

Psychologe erklären, warum das so ist, aber es stimmt wirklich. Life is a bitch – indeed.

Meist wurden die Gedanken an die gekündigten Mitarbeiter von den guten Ertragsziffern, von niedrigen Cost-Income-Ratios, von Gehaltssteigerungen, Gewinnausschüttungen und Prämien im Keim erstickt, und damit auch das Gewissen gegen Gewissensbisse immunisiert.

Mein Bereich wurde sehr rasch zu einem der erfolgreichsten. Ich hatte ein schlankes Team, sehr gute Abteilungsleiter, die ihr letztes Hemd für den Erfolg von Lisede verkauft hätten, und eine Menge sehr motivierter Mitarbeiter. Ich spürte richtiggehend den Erfolg, wenn ich das Gebäude von Lisede betrat.

Nach einem Jahr als Bereichsleiter und einem weiteren Jahr als Mitglied des Vorstandes fragte mich der Aufsichtsrat, allen voran Peter Morusch, ob ich nicht die Generaldirektion übernehmen möchte. Zunächst war ich etwas überrascht. Ich sollte Chief Executive eines mittlerweile weltweit tätigen Konzerns mit 23.000 Mitarbeitern werden? Die Verantwortung hierfür war kaum abzusehen. Rückblickend hätte ich es nicht machen sollen, allerdings konnte ich doch so ein Angebot nicht ausschlagen. Leiter eines höchst angesehenen Unternehmens – ertragreich, Liebling der Börsen. Dann kamen aber auch sofort wieder diese Gedanken an den Devils Corner. Aufgewachsen in den tiefsten Slums von Kairo, Müll, Drogenkonsum, Drogenschmuggel, Liebe, Sucht und Tod. Und nun der Vorstandsvorsitzende von

Lisede. Wer bin ich, fragte ich mich, die Hände in der Hosentasche und aus dem Fenster meines Büros blickend.

Peter Morusch ließ mir genügend Bedenkzeit. Er meinte, ich wäre der richtige Mann zur richtigen Zeit. Ich könnte das Unternehmen in die Zukunft führen, den MRS-Chip zu einem medizinisch-technischen Meilenstein in der Geschichte der Menschheit werden lassen.

Ich überlegte nicht sehr lange. Ich stimmte zu und wurde bereits einige Wochen später neuer *„Mister Lisede"*.

Die Zeit konnte für mich nicht besser sein, denn der MRS-Chip entwickelte sich genau so, wie es Peter Morusch vorhergesehen hatte. Zunächst erhielt der Chip ein GPS-System mit einem faszinierend geringen Distance Error. Dann wurden die ersten Prototypen der MRS-Chips mit den winzigen Medikamentendepots, den sogenannten Nano-Depots, entwickelt und an Fliegen getestet. Zu Beginn war mir nicht klar, warum man ausgerechnet Fliegen für diese Tests vorsah. Fliegen hatten nicht sehr viele Gemeinsamkeiten mit Menschen. Aber der Grund war sehr einfach und lag weniger an den Fliegen, sondern vielmehr an den natürlichen Feinden der Fliegen, den Spinnen. Es gab weltweit ungefähr 60.000 Spinnenarten. 300 davon zählten zu den extrem giftigen, die unterschiedliche Gifte produzierten. Die Giftkonzentrate waren nur sehr schwer synthetisch herzustellen, aber sehr wirksam für die Tests. Man schloss die Spinnen in Glasbehälter ein und gab die Fliegen dazu. Die Fliegen hatten ein Implantat mit einem MRS-Chip voll mit hochwirksamen Medikamenten. Nachdem eine

Spinne einer Fliege das Gift injiziert hatte, wurde überwacht, in welcher Form, wie schnell und mit welchen Komplikationen der Chip die passenden Medikamente mixte, qualitätssicherte und dann an den Körper der Fliege freigab. Diese Art der Tierversuche war sehr einfach und effizient und hatte überdies den großen Vorteil, dass sich kein Tierschützer jemals an das Eingangstor von Lisede gekettet hätte, nur um den qualvollen Tod einer Fliege aufgrund einer falschen Gegengift-Dosis zu verhindern. Ich fragte mich oft, warum die Tierschützer bei dem gleichen Versuch an einer Katze oder an einem Hund das Unternehmen mit Milliardenklagen überschüttet hätten und bei einer Fliege, die wohl in gleicher Weise einen grausamen Tod starb, niemand einen Finger rührte. Ich hatte es nicht verstanden und würde es nie verstehen.

Überdies waren mir Tierschützer ohnehin suspekt. Da gab man Millionen und Milliarden Dollar aus, nur um einige verirrte Wale mittels Hubschrauber in ihr Stammgewässer zu führen, um irgendwelche Vogelarten in den Nationalparks zu schützen oder wieder anzusiedeln und auf der anderen Seite starben täglich so viele Kinder an Hunger, während die Welt nur untätig zusah. Solange es auf dieser Welt nur einen Menschen gäbe, der hungern müsste, sollte man keine Spende für den Tierschutz tätigen, sagte ich damals zu mir.

Die MRS-Chips wurden laufend weiterentwickelt. Wir hatten über die ganze Welt verstreut unsere Forschungslabors, Produktionsstätten und Mediziner. Die Forschungslabors waren in den wenig entwickelten

Ländern angesiedelt, in denen die Gesetze für flächendeckende Tests mit neuen Medikamenten nicht so restriktiv waren. Die Produktionsstätten waren fast ausschließlich außerhalb der USA, in arabischen Ländern, in Indien oder in China. Diese Länder hatten ein sehr niedriges Lohnniveau bei einer hervorragenden Logistik. Qualitätssicherung, Konzernsteuerung, Marketing und Vertrieb waren allerdings großteils in den USA angesiedelt.

Manchmal bereiste ich auch andere Länder und lernte dabei verschiedene Mitarbeiter von Lisede kennen. Ich traf auf einfache und hochintelligente, gute und schlechte Mitarbeiter. Meist traf ich nur das Management und nicht die operative Ebene. Manchmal begegneten mir jedoch auch Mitarbeiter, die nicht wirklich zu Lisede passten. Viele Mitarbeiter waren äußerst korrekt, aber in manchen Ländern hatte ich das Gefühl, dass die Menschen oftmals auch an die Grenze der Legalität gingen. Ich dachte dann immer an meine eigene Vergangenheit, an den Devils Corner in Kairo, wo wir nicht nur an die Grenze der Legalität gingen, sondern sie fast täglich überschritten. Besonders ich, der sich vor Jahren immerhin an einem Drogenschmuggel beteiligt hatte. Was sollte ich dann diesen Menschen vorwerfen, wenn sie versuchten, ihr weniges Geld zu verdienen, und vielleicht abends in ihre einfachen Häuser an den Stadtrand von Amman, Damaskus oder Kalkutta fuhren und dort ihre Kinder gerade vom Straßendiebstahl heimkamen.

Wahrscheinlich war es meine Vergangenheit, die mich immer wieder auf den Boden der Realität zurückholte –

die mir die Bedeutungslosigkeit eines großen Büros, eines teuren Autos oder einer Marsreise zeigte, die mir immer wieder in Erinnerung rief, von wo ich herkam, wo meine Wurzeln waren und die mir auch zeigte, dass ein schönes Buch oder ein schönes Lied mehr bedeuteten als das ganze Geld, das ich verdiente.

Neben all dem Reichtum und Luxus bescherte mir das Leben ja auch privates Glück, eine Liebe, auch wenn sie nur von kurzer Dauer war. Monika hatte immer einen besonderen Platz in meinem Herzen. Aber irgendwann begann ich trotzdem loszulassen. Langsam.

Kapitel 10

Die wichtigen Dinge im Leben sind unsichtbar.

Kurz nachdem ich die Stelle bei Lisede angenommen hatte, lernte ich viele neue Menschen kennen. Viele davon wurden echte Freunde, die ich auch immer wieder zu mir einlud, wenn ich nicht gerade irgendwo auf der Welt unterwegs war.

Einer dieser Freunde war Andy McKolt. Andy stammte aus einer ärmlichen, sehr katholischen, irischen Familie. Er hatte sehr früh geheiratet, ließ sich bald wieder scheiden und hatte immer wieder irgendwelche Jobs angenommen. Leider hatte er das Pech, dass die Firmen, in denen er beschäftigt war, immer in finanzielle Schwierigkeiten gerieten und er deshalb auch oft seinen Arbeitsplatz verlor. Irgendwann war er mit seiner zweiten Frau, einer Chinesin namens Jasmin, nach Vancouver gezogen, um dort einen Job bei Braintrust, einem weltweiten IT-Unternehmen, anzunehmen. Andy war äußerlich sehr korrekt und machte seine Arbeit sicher gut. Irgendwie schaffte er es auch zum Bereichsleiter und war für Mittel- und Südamerika verantwortlich.

Andy wechselte bald zu den Baptisten, war in einer Gemeinde und predigte immer wieder bei den Sonntagsfeierlichkeiten. Baptisten verwerfen die römisch-katholische Opfertheologie, nach der der Leib und das Blut Christi im Messopfer gegenwärtig sind. Baptisten haben auch keinen Altar, sondern einen sogenannten

Tisch des Herrn. Auch Priester gibt es bei ihnen nicht. Also hatte Andy die Idee der virtuellen Liturgie: Die Gemeinde traf sich am Sonntag nicht an einem bestimmten Ort, sondern feierte den Gottesdienst eben an einem virtuellen Ort. Die Baptisten loggten sich in eine Liturgie im Internet ein und konnten dort mit vielen Online-Baptisten die Liturgie feiern. Natürlich wurde auch online gespendet. An einer bestimmten Stelle in der virtuellen Liturgie erschien ein Spendenaufruf und durch Eingabe der Kreditkartennummer konnte man sein finanzielles Opfer bringen.

Die Idee der virtuellen Liturgie wurde vor allem in den USA nach den großen Terroranschlägen auf die Baptistenkirchen bekannt und fand immer mehr Anhänger. Die Baptisten bevorzugten es, die Liturgie ganz sicher von zuhause aus mitfeiern zu können, ohne Angst vor Bombenanschlägen haben zu müssen.

Andy wurde mit seiner virtuellen Liturgie sehr bekannt, wurde zu Talkshows eingeladen und hatte in der Szene den Ruf eines Freidenkers. Das Interessante an ihm war jedoch, dass er sich nicht selbst erfand und sich nicht selbst inszenierte. Er war einfach so. Schon als Kind hatte er in seiner irischen, katholischen Heimatgemeinde ministriert und die Sonntagsmesse mit Kameras ins Internet übertragen. Nebenbei pflegte er seine schrullige Liebe zu kleinen, alten Mopeds aus dem vorigen Jahrhundert.

Ich lernte Andy bei einem IT-Kongress in Toronto kennen und wir wurden bald gute Freunde. Irgendwann hatte er einen Vortrag im Hyatt Regency Miami Club. Da ich ebenfalls gerade in Florida war, fragte er mich, ob ich ihn zu einer abendlichen Vernissage begleiten wollte und ich willigte sofort ein. Es war ein kalter Abend im November. Ich wusste nicht genau, um welche Kunstwerke es bei der Vernissage ging, aber da mich Bilder immer interessiert hatten, war ich schon sehr neugierig. Nach der Vorstellung der Bilder und einem offiziellen Teil mit einer kurzen Ansprache von Andy hatte man die Gelegenheit, mit diversen Künstlern zu sprechen. Die meisten dort anwesenden Gäste scharten sich um die Künstler und diskutierten. Oder sie taten zumindest so, als würden sie diskutieren. Wichtig war ihnen wohl nur, gesehen zu werden. Ich bezweifelte, dass sich die Anwesenden näher mit Kunst auseinandersetzten.

Ich war aber sehr froh, dass sich die Leute um die Künstler scharten, denn das gab mir die Gelegenheit, in aller Ruhe die Bilder zu betrachten.

Plötzlich klopfte mir jemand auf die Schulter. „Richard? Richard Altmann?“, hörte ich hinter mir. Ich drehte mich um und vor mir stand eine elegant gekleidete, hübsche Frau.

„Kennen wir uns?“, fragte ich zögerlich.

„Richard, natürlich kennen wir uns! Ich bin es, Alex!“

Ich erschrak etwas. Alex, natürlich kannte ich sie. Eine meiner besten Freundinnen aus Studentenzeiten. Alex, die Sportlerin. Alex, die die Nächte zum Tag machte und die

Feste feiern konnte, wie keine andere. Alex, meine Partnerin beim Deal mit Peter Morusch. Ich war ebenso überrascht wie glücklich sie zu sehen. Ich fiel ihr um den Hals und küsste sie.

„Alex, was machst du hier? Das ist ja eine Überraschung. Wie lange haben wir uns wohl nicht mehr gesehen?", fragte ich etwas entschuldigend, da ich sie nicht gleich erkannt hatte.

„Ja, das muss schon Jahre her sein. Ich habe immer wieder von dir gelesen. Du hast ja eine tolle Karriere gemacht", sagte Alex.

Alex und ich hatten uns nach dem Verkauf des elektronischen Buches und der Mozart-Geschichte an Peter Morusch nicht mehr wiedergesehen. Jeder von uns ging eigene Wege. „Wie geht es dir?", fragte ich sie.

„Mir geht es sehr gut. Ich habe über einige Freunde das Angebot erhalten, in einem Film eine Hauptrolle zu spielen. Derzeit drehen wir in der Stadt."

Dann erzählte mir Alex, wie sie die letzten Jahre verbracht hatte. Mit dem Geld aus dem Deal mit Morusch hatte sie sich in London einen Wellness Club gekauft und dann auch viel Geld in den Ausbau gesteckt. Er wurde einer der größten und besten Clubs in London, in den auch viele Prominente, Schauspieler, Politiker und Musiker kamen. Das musste genau nach ihrem Geschmack gewesen sein. Alex lernte in diesem Club auch ihren späteren Ehemann Tim kennen, einen Drummer aus einer Band. Doch eines

Tages tauchten Gerüchte über Drogen und Drogenhandel auf und von da an ging es bergab. Der Club musste geschlossen werden und Alex verkaufte die gesamte Liegenschaft.

Alex erzählte mir, dass sie erst viel zu spät dahintergekommen war, dass ihr Ehemann, inzwischen ihr Ex-Ehemann, in den Handel mit Drogen involviert war.

„Ab und zu etwas rauchen oder ein paar SDs schlucken, das war ja in Ordnung. Aber ich wusste nicht, dass Tim selbst so tief im Drogengeschäft drinnen war“, sagte Alex.

SD. Ich erschrak. SD stand für *„Soma Drops“,* kleine Kaubonbons mit einer sehr kleinen, aber wirksamen Dosis Soma. Wieder wurde ich mit dieser Droge konfrontiert, wieder war jemand aus meinem Freundeskreis mit der Droge in Kontakt gekommen.

Alex sah mein besorgtes Gesicht und lachte. „Jetzt mach dir keine Sorgen, die Zeit ist längst vorbei! Ich habe mich von Tim getrennt und bin froh, dass ich mit diesem Arschloch und dem ganzen Drogenmist nichts mehr zu tun habe“, sagte sie mit einem leichten Schmunzeln.

Alex erzählte weiter, dass sie ohne Geld und ohne Ehemann viel glücklicher war. Sie jobbte für eine Model-Agentur und erhielt einige sehr gute Jobs. Bei einem Fotoshooting lernte sie auch Sean kennen, mit dem sie einige Jahre in Paris zusammenlebte und dort für einige Magazine als Model arbeitete.

„Derzeit lebe ich aber wieder allein und ich bin ganz zufrieden damit“, sagte sie.

Plötzlich nahm sie ein großer, dunkelhäutiger Mann bei der Hand. „Alex, komm! Ich möchte dich jetzt mit Stefan Klein, einem unserer Produzenten, bekanntmachen.“

„Sorry, Richard. Ich muss los. Wir sehen uns“, sagte Alex und war auch schon wieder im Mittelpunkt der Schönen und Reichen. Ich schmunzelte. Typisch Alex. Voller Energie. Voller Lebensdurst. Nicht einmal Zeit, unsere Telefonnummern auszutauschen. Ein Leben auf der Überholspur. Ich hatte sie immer noch sehr, sehr gerne. Wir würden uns sicher wieder einmal sehen, vielleicht wieder einmal bei einem Fest über den Weg laufen, dachte ich.

Ich ging in den nächsten Raum und stand dort wieder fast alleine vor den Bildern. Ein Bild betrachtete ich besonders lange. Es trug den Titel *„Before Eternity Is Lost“* und war von einem unbekannten Künstler. Es zeigte eine breite Straße mit hohen Wolkenkratzern links und rechts. Die Straße führte geradewegs zum Horizont, von dem auch eine runde, grelle Sonne entgegenleuchtete. Was sollte der Titel wohl bedeuten? Was hat er mit der Darstellung zu tun? Bevor die Ewigkeit verloren ist. Merkwürdig.

Während ich in Gedanken versunken vor dem Bild stand und immer wieder diesen Satz leise vor mich hinsagte, hörte ich eine Stimme hinter mir. „Kann die Ewigkeit überhaupt verloren gehen?“

Ich drehte mich um und hinter mir stand eine junge Frau mit einem Glas Champagner in der Hand. „Nein, die Ewigkeit kann nicht verloren gehen, denn dann würde sie ja nicht ewig andauern“, erwiderte ich. Die Frau lächelte. „Natürlich kann die Ewigkeit verloren gehen. Wenn ein Gegenstand verloren geht, hört er deswegen ja nicht einfach auf zu existieren. Das gleiche gilt für die Ewigkeit. Wenn sie verloren geht, heißt das nicht, dass sie nicht mehr existiert. Sie wird nur nicht mehr wahrgenommen, nicht mehr gesehen. Die Menschen wissen nicht mehr, was Ewigkeit ist, und meinen deshalb, dass es sie nicht mehr gibt. Aber nur weil wir etwas nicht sehen, heißt das noch lange nicht, dass es das nicht gibt.“

Ich war etwas verwirrt von dieser Logik, aber sie klang überzeugend. „Aber wieso sollte die Ewigkeit von den Menschen nicht mehr wahrgenommen werden?“, fragte ich.

„Weil es den Menschen immer schwerer fällt, sich die Ewigkeit vorzustellen“, meinte die junge Frau. „Ewigkeit bedeutet nämlich, dass es kein Ende gibt. So wie das Weltall, das auch nirgends aufhört. Früher glaubte man einfach an die Ewigkeit, aber heute? Im 21. Jahrhundert? Die Ewigkeit wird es immer geben. Aber die Menschen können damit nichts mehr anfangen und für sie ist dann die Ewigkeit verloren, obwohl sie noch existiert. Sie wird nicht mehr wahrgenommen, nicht mehr gesehen, aber es gibt sie noch.“

„Ich wüsste gerne, wer das Bild gemalt hat. Und ich würde den Maler gerne fragen, was mit dem Bild und dem Titel gemeint ist“, sagte ich, ohne eine Antwort zu erwarten.

Die Frau schüttelte den Kopf. „Nein, das ist keine gute Idee. Der Sinn des Bildes liegt ja gerade darin, dass sich Menschen eigene Gedanken über das Bild machen. Die Betrachter sollen nachdenken, was der Titel des Bildes aussagt.“

„Mein Name ist Richard Altmann“, sagte ich.

„Mein Name ist Kira Persson“, erwiderte die junge Frau und lächelte. Ich wollte ihr die Hand geben, aber sie klammerte sich fest an ihr Champagnerglas.

Kira war ganz schlicht gekleidet. Mit ihrer Jeans und dem weißen Shirt passte sie so gar nicht in diese Gesellschaft der Künstler und der Reichen. Aber gerade das machte sie interessant. Kira hatte eine zarte Figur und wahrscheinlich nicht viel mehr als fünfzig Kilo. Sie war nicht groß, jedenfalls um einiges kleiner als ich selbst. Sie wirkte fast etwas verloren in der großen Halle mit den Bildern. Ihre Stimme klang zwar sehr fest und bestimmt, aber ich bemerkte auch eine gewisse Schüchternheit an ihr. Kira hatte ganz dunkelbraunes, dichtes Haar, das ihr etwas wild über die Schultern hing. Sie hatte dunkelbraune Augen und schwarze Augenbrauen. Ihr Gesicht strahlte eine ganz seltene Bestimmtheit und Verbindlichkeit aus. Sie hatte überhaupt nichts Außergewöhnliches an sich, keinen Lippenstift und auch keinen Schmuck. Nicht einmal eine

Uhr sah ich an ihr. Aber das unterstrich ihre Schönheit. Kira war schön und brauchte keine besonderen Kleider oder Schmuck. Kira hatte eine tolle Figur und sie überstrahlte die anderen Gäste in ihrer jugendlichen Art.

Ich war etwas verlegen und wusste nicht, was ich sagen sollte. Wahrscheinlich bemerkte Kira meine Verlegenheit und sie fragte mich, was ich von den übrigen Bildern hielte.

„Die Bilder sind alle sehr schön. Besonders gefällt mir das Bild dort neben dem Fenster." Es war ein sehr breites Bild, das aus zwei großen Augen bestand. Auf den ersten Blick erkannte man einen Ausschnitt eines Katzenkopfes mit zwei Katzenaugen. Aber auf den zweiten Blick sah man, dass die Augen eine runde Pupille und keinen Schlitz hatten, dass es also Menschenaugen in einem Katzenkopf waren.

„Du hast einen guten Geschmack. Ich darf doch *du* sagen? Auch mir gefällt das Bild sehr gut. Siehst du das Bild daneben? Es ist das *„Bild ohne Namen"*. Der Künstler hat ihm keinen Namen gegeben. Jeder kann sich einen Namen dazu denken. Eine wunderschöne Idee", sagte Kira.

Auch mir war dieses *„Bild ohne Namen"* aufgefallen. Es zeigte eine Landschaft. Der Vordergrund war schwarz, nach hinten wurde es immer heller. Und es zeigte einen Sonnenuntergang in wunderbaren Farben. Auf der rechten Bildhälfte sah man einen kahlen Baum fast ohne Blätter. Es musste wohl ein Tag im späten Herbst gewesen sein, kurz vor dem ersten Schnee. Man spürte förmlich die Kälte, die diese karge Landschaft umgab.

„Was hältst du von dem Bild mit dem Tod?“, fragte ich Kira.

„Ja, ein interessantes Bild. Es heißt *„Der Tod und das Mädchen“*. Es ist etwas traurig, da es die letzten Sekunden im Leben eines jungen Mädchens zeigt. Es küsst den Tod, der bereits seinen Arm um sie schlingt. Ich habe mich gefragt, ob das Mädchen in diesem Augenblick weiß, dass es den Tod küsst“, sagte Kira, während sie mich etwas verloren ansah.

Ich merkte gar nicht, wie die Zeit verging, während wir vor den Bildern standen und unsere Gedanken austauschten. Langsam füllte sich auch wieder der Raum. Offensichtlich hatten sich die Menschen an den Künstlern satt gesehen und widmeten sich nun wieder den Kunstwerken. Eine etwas ältere Dame mit einem eleganten Kleid kam auf Kira zu und fragte sie, ob sie noch etwas trinken wollte. Kira nickte und lächelte mir zu. Dann hängte sie sich bei der Dame ein und beide gingen an die Bar.

Ich ging langsam hinterher. Als ich an der Bar angekommen war, fragte ich die beiden Damen, ob ich ein Glas Champagner mit ihnen trinken dürfe. Kiras Begleiterin war etwas überrascht, freute sich aber dann und bestellte beim Kellner sogleich drei Gläser Champagner.

„Wer hat dich zu dieser Vernissage eingeladen?", fragte mich Kira in ihrer schüchternen Art.

„Andy McKolt, ein guter Freund von mir", erwiderte ich. „Es ist der junge Mann mit dem gelben Shirt unter dem Anzug, dort drüben beim Fenster. Kannst du ihn sehen?"

Kira sah auf den Boden und schmunzelte. Die ältere Dame drehte ihren Kopf und blickte verlegen zu mir. „Meine Tochter kann ihn nicht sehen. Sie ist blind", sagte sie.

„Ach ja", ergänzte Kira. „Entschuldigung. Ich kann nichts sehen. Ich bin von Geburt an blind", sagte sie in einer Art, als wäre es das Unwichtigste auf der Welt.

In diesem Augenblick wusste ich nicht, was ich sagen sollte. Diese junge, hübsche Frau mit den treffsicheren Aussagen über die Kunstwerke sollte nichts sehen können?

„Manchmal macht sie es ja mit Absicht", sagte die ältere Dame, Kiras Mutter, etwas verärgert. „Sie liebt Bilder sehr und begleitet mich oft auf Vernissagen. Aber sie hat bis heute nicht gelernt, dass man sich dafür auch entsprechend kleiden muss."

„Hör doch auf, Mutter. Wen interessieren Kleider. Die wichtigen Dinge im Leben sind unsichtbar. Die kann man nicht mit den Augen sehen. Das hat schon der kleine Prinz von Antoine de Saint-Exupéry erkannt. Und Kleider gehören sicher nicht zu den wichtigen Dingen im Leben", sagte Kira.

Ich staunte über diese Bestimmtheit, ja fast Trotzigkeit, aber auch über diese Reife, die diese blinde junge Frau besaß. *„Der kleine Prinz"*. Wieder tauchte er in meinem Leben auf. Früher, in meiner Kindheit im Devils Corner. Dann in Prag während der Zeit mit Monika. Und jetzt wieder. Durch eine junge Frau, die nicht sehen konnte. Für die also alles unsichtbar war. *„Der kleine Prinz"* beschrieb die Blindheit der Augen und das Sehen des Herzens. Und diese Frau kannte wohl die Blindheit der Augen wie kein anderer. Und sie kannte wohl auch das Sehen des Herzens wie kein anderer.

Ich wusste noch immer nicht, was ich sagen sollte. Ich versuchte, möglichst ehrlich zu sein, und sagte, dass mir die Art, wie sich Kira gekleidet hätte, sehr gut gefalle. Ganz einfach, aber es unterstrich ihre Schönheit. Viel besser als die Garderoben der meisten Gäste hier. Kira war etwas verlegen. Ihre Mutter lachte zunächst, wurde dann aber sehr ernst und starrte auf den Boden. Sie überlegte einige Sekunden, starrte weiter auf den Boden und flüsterte nachdenklich vor sich hin: „Ja, man sieht nur mit dem Herzen gut."

„Darf ich dich etwas fragen?", sagte ich zu Kira. „Du bist blind und kennst die Bilder, ihre Motive und ihre Gestaltung. Wie machst du das?"

„Ich werde das sehr oft gefragt. Es ist wirklich nicht so schwer. Menschen mit einer Behinderung haben oft sehr große andere Fähigkeiten. Das hängt damit zusammen, dass ein Sinnesorgan oder eine Körperfunktion nicht oder nur sehr schwach funktioniert und diese Lücke von anderen Sinnesorganen oder anderen Körperfunktionen kompensiert wird. Blinde Menschen haben eine überdurchschnittliche, räumliche Vorstellungskraft und einen guten Geschmackssinn. Am besten ausgeprägt ist jedoch das Empfinden über die Haut, das Tasten und Berühren."

Und dann erzählte mir Kira, wie stark die Umwelteinflüsse, also Kälte, Wärme, aber auch Töne, Musik, Wasser und Luft von einem blinden Menschen wahrgenommen würden. Die Wahrnehmung wäre dabei um ein Vielfaches stärker als bei einem sehenden Menschen.

„Ich weiß nicht, was Farben sind. Es ist auch nicht möglich, einem Blinden zu erzählen, wie eine Farbe aussieht. Er kann es nicht verstehen. Aber man kann einem Blinden die Farben anhand von anderen Wahrnehmungen beschreiben. Zum Beispiel anhand von hohen und tiefen Tönen. Oder anhand von Kälte und Wärme. Dadurch werden Farben auch für einen Blinden unterscheidbar und es entsteht so etwas wie ein Farbgefühl", erzählte Kira. „Dadurch ist es möglich, Bilder zu verstehen und ihre Stimmungen einzufangen."

Ich war überrascht. Eigentlich war das ganz logisch, aber wer machte sich schon Gedanken über die Wahrnehmungen eines Blinden, solange er nicht selbst davon betroffen war. Es war sehr interessant, Kira zuzuhören.

Schließlich fragte mich Kira, was ich täte und wie alt ich wäre. Ich erzählte ihr, dass ich für ein großes Unternehmen arbeiten und dort eine Managementfunktion ausüben würde. Sie fand das ganz nett, aber ich merkte sofort, dass ihr Geld und Positionen nicht wichtig waren. Das beeindruckte mich. Vielleicht lag es auch an ihrer Behinderung. Offensichtlich kannte Kira die wahren Werte des Lebens gerade deshalb so gut, weil sie auf ganz Wesentliches verzichten musste, nämlich auf ihr Augenlicht. Kira hat mir ganz spontan und direkt zu spüren gegeben, dass es auf andere Werte als auf Geld, Reichtum oder Einfluss ankommt. Ich war froh, wieder einmal daran erinnert worden zu sein.

Kapitel 11

Jesus war sicher kein Heiliger.

Nach dem Essen begann das Garbaging, der zentrale Bestandteil unseres Lebens. Garbaging war nichts anderes als das Sammeln von noch brauchbaren Dingen im Müll. Sobald einer der Garbage-Trucks die Straße herauffuhr und rückwärts an die Abladerampe fuhr, standen wir schon bereit. Oftmals halfen die Erwachsenen dem Fahrer beim Einweisen in die Abladerampe und beim Öffnen der Ladewände. Dann wurde der ganze Müll vom Truck gekippt. Der Gestank war unbeschreiblich, da sich zum frischen Müll auch noch die Dieselabgase der Trucks mischten. Deshalb hatten wir auch bei der größten Hitze alte Fetzen um das Gesicht und vor allem um den Mund gewickelt. Während der ganze Müll von der Ladefläche gekippt wurde, sammelten sich immer mehr Menschen um den Truck. Es bildete sich eine Traube von ungefähr dreißig Menschen und jeder suchte sofort nach den besten Dingen.

„Kannst du dich bitte beeilen“, sagte Kira. „Ich habe unseren Chauffeur bestellt. Er wird in zehn Minuten hier sein.“

„Save and close“, sagte ich und der virtuelle Bildschirm löste sich wie von unsichtbarer Hand gesteuert in Luft auf. Dann nahm ich das Headset vom Kopf und das Kehlkopfmikro vom Hals.

Ich saß auf der Terrasse in der Sonne und hörte wunderbare, alte Musik. Simon and Garfunkel. Zwei Sänger, die vor rund hundert Jahren eine halbe Million Menschen in den New Yorker Central Park gelockt und dort ein unglaubliches Konzert gegeben hatten. Ich war gerade dabei, ein Buch über mein Leben zu schreiben. Vielleicht etwas früh, dachte ich mir zunächst. Aber es war ein wirklich ungewöhnliches Leben, das ich bis dahin geführt hatte. Von den Slums zum erfolgreichen Manager eines weltweit tätigen Konzerns.

„Du musst dich jetzt wirklich beeilen", sagte Kira mit Nachdruck. „Peter erwartet uns um acht im TopTen."

Kira und ich trafen uns bereits am Tag nach der Vernissage, auf der wir uns kennengelernt hatten. Und dann immer wieder. Bereits nach ein paar Wochen heirateten wir. Es war etwas ungewöhnlich, für beide von uns. Für mich, den Manager, der viele Entscheidungen zu treffen hatte, der immer genau die Vorteile und Nachteile abwägen musste, um zum Wohl der Firma und zum Wohl der Mitarbeiter zu handeln. Aber auch für Kira, die ja nicht genau wusste, mit wem sie sich da einließ.

Ich habe Kira vor unserer Heirat die Wahrheit über mein Leben erzählt. Über den Devils Corner in Kairo, über Monika in Prag und über den Aufstieg bei Lisede und meinen Freund und Mentor Peter Morusch. Oft hatte Kira Tränen in den Augen. Tränen der Trauer, als ich ihr von meinem Abschied von Yanaia, meiner Schwester, erzählte. Oder von Monika und ihrem grausamen Tod. Manchmal hat sie sich auch nicht wenig amüsiert, vor allem, als ich ihr von meinem ersten Treffen mit Peter Morusch erzählte, dem ich eine alte Musikaufnahme der Rolling Stones geschenkt und mir damit Zutritt zu seinem Büro verschafft hatte. Als ich ihr von Alex erzählte, wurde sie nachdenklich, da sie diese Welt der Exzesse, der Partys, der Reichen und der Schönen, nicht verstand. Oder nicht verstehen wollte.

Kira und ich verbrachten eine sehr schöne Zeit. Anfangs war es für mich nicht ganz leicht, mit ihrer Blindheit umzugehen. Aber Kira hatte eine ganz merkwürdige Gelassenheit im Umgang mit ihrer Behinderung. Dadurch, dass sie nie sehen konnte, hatte sie auch keine Vorstellung davon, was ihr fehlen würde. Sie war nicht einmal neugierig. Oft fragte ich sie, was sie sich wünschen würde, hätte sie einen Wunsch frei. Kein einziges Mal kam die Antwort, sie würde gerne sehen können. Sie hatte vielmehr den Wunsch, einmal mit akustischen Bordinstrumenten ein Flugzeug steuern zu können. Oder einmal eine Reportage über die Insel Mauritius, dem weltweit größten Gefängnis, zu machen. Aber niemals äußerte sie den Wunsch, einmal das sehen zu können, was sie sonst nur angreifen konnte. Eigentlich unverständlich.

Kira hatte ein besonderes Hobby, nämlich das Schreiben. Sie hatte bereits mehrere Bücher geschrieben und war darauf auch sehr stolz. Die Bücher – oder besser Manuskripte – hatte sie alle fein säuberlich zuhause aufbewahrt, ohne sie jemals jemand anderen lesen zu lassen. Das war ihr einfach nicht wichtig. Sie wollte ganz alleine für sich schreiben, und wenn es vielleicht einmal jemanden interessierte, dann würde sie ihm die Texte auch zum Lesen geben. Aber nicht von sich aus die Manuskripte einem Verlag geben, auch nicht für Geld.

Im Laufe der Zeit habe ich die meisten ihrer Manuskripte gelesen. Ein Buch hatte den Titel *„Some days to remember, some days to forget"* und ist die Selbstbiografie einer Eintagsfliege. Eine Fliege, die nur einen Tag lebt und sich trotzdem gerne an die schönen und schlechten *„Tage"* in ihrem Leben erinnerte. Das Manuskript hatte 428 Seiten. Bevor ich es gelesen hatte, fragte ich mich, was eine Eintagsfliege alles zu erzählen hätte. Aber als ich es einmal zu lesen begonnen hatte, merkte ich, dass das Manuskript voll von philosophischen und theologischen Gedanken war. Es ist um die Frage gegangen, ob es überhaupt möglich wäre, im Jetzt zu leben, oder ob nicht Menschen und Eintagsfliegen vom Verstand her immer in der Vergangenheit oder in der Zukunft leben müssten. Am Ende würde auch eine Eintagsfliege ein ganzes Leben lang leben, hätte auch ein Lebenskonto und empfände wohl auch ihr Leben als Zeitraum mit Geburt, Jugend, Alter und Tod. Eben ein Paralleluniversum mit anderen Zeitvorstellungen.

Ein anderes Buch war ein Kinderbuch. Kira meinte, dass sie die Geschichte über die Sockenspinne Spidi Speider und ihre Spinnenfamilie einmal ihren Kindern vorlesen würde.

Spidi Speider lebte mit ihren Eltern und ihrer Zwillingsschwester Spot in einem wunderschönen, staubigen und muffigen Dachboden. Spidi hatte eine unbeschwerte Jugend und lernte schon früh, mit ihren

Giftzähnen Grashüpfer-Kinder, die sich im Spinnennetz verfangen haben, zu betäuben und aufzufressen. Oder sie vergnügte sich mit ihrer Schwester im Ameisen-Wettessen. Sieger war, wer mehr Ameisen in einer vorgegebenen Zeit auffressen konnte. Meist hat Spidi gewonnen, da Spot eher die feine Dame war und sich vor den Ameisen ein bisschen ekelte.

Die Geschichte um Spidi Speider war sehr liebenswürdig, aber auch von einer gewissen Grausamkeit der Natur geprägt.

Am meisten hat mir aber ein Manuskript gefallen, das von einem unbekannten Mann handelte, der zur Zeit Jesu in Palästina gelebt hatte. Er hieß Simon und war ein Jugendfreund von Jesus. Beide wuchsen in Nazareth auf, hatten gemeinsame Freunde, und Simon war oft bei Jesus, seiner Mutter Maria und seinem Vater Josef, einem Zimmermann. Jesus und Simon unternahmen viel zusammen, spielten viel gemeinsam und machten es ihren Eltern nicht immer leicht. Oft gingen sie in den Keller, rauchten die verdorrten Stängel der Fächerpflanzen und fühlten sich dabei wie Erwachsene mit ihren Wasserpfeifen. Jesus war in dieser Geschichte sehr herrschsüchtig und jähzornig, er tolerierte keine anderen Meinungen. Als Simon zwölf Jahre alt war, zogen seine Eltern nach Jericho und Simon und Jesus verloren sich aus den Augen. Simon verlor sehr bald darauf seine Eltern und – er hatte durch seinen Vater das römische Bürgerrecht – verdiente sich seinen Lebensunterhalt in der römischen Armee. Als einfacher Soldat wurde er später nach Tiberias versetzt und traf dort auch wieder auf

Jesus. Beide waren noch immer Freunde, obwohl sie mittlerweile wenig Gemeinsames hatten. Jesus war ein gutaussehender junger Mann mit einer hübschen Freundin und hatte auch viele Ideen. Ganz besessen war er von der Idee, dass alle Menschen gleich seien und dass es keine Unterschiede zwischen Religionen und Rassen, Römern und Juden, Priestern und Huren gäbe. Auch Frauen hätten die gleichen Rechte wie Männer. Alle wären letztlich gleich.

Simon konnte dem nicht viel abgewinnen, aber er dachte auch nicht sehr viel darüber nach. Er genoss es ganz einfach, mit Jesus durch die Gegend um Tiberias zu ziehen und mit ein paar Mädchen aus der Gegend so richtig abzufeiern.

Als Simon nach Jerusalem versetzt wurde, trennten sich die Wege der beiden ein weiteres Mal. Simon war ein ehrgeiziger Soldat in der römischen Armee geworden. Er hörte immer mehr Geschichten über seinen Freund Jesus, und irgendwann begann er zu leugnen, dass Jesus einmal ein sehr guter Freund war. Ihm war es einfach unangenehm. Er, der strebsame Soldat, und dann Jesus, der nichts gelernt hatte und für gehörigen Wirbel im Tempel von Jerusalem gesorgt hatte.

Und dann kam es zu dieser merkwürdigen Geschichte, nämlich als er einen jungen Mann festnehmen musste, der ein kleines Mädchen vergewaltigt und dann erwürgt hatte. Der Mann hieß Barabbas und wurde nach seiner Verhaftung zum Tode verurteilt. Zur selben Zeit wurde auch Jesus aufgrund seiner aufwieglerischen Art festgenommen und dann unter Pilatus ausgepeitscht. Aber Jesus musste ja stur bleiben und hat immer etwas von göttlicher Eingebung dahergesagt. Und so blieb Pilatus nichts anderes übrig, als ihn ebenfalls zum Tode zu verurteilen. Aber gleichzeitig wusste Pilatus, dass er jemanden begnadigen durfte, wie es das jüdische Paschafest vorsah. Pilatus rechnete, dass sich die 27 Volksvertreter für Jesus entscheiden würden. Sie taten es jedoch nicht und Barabbas kam frei. Auch Simon hat gehofft, dass Jesus freikommt, und er hat auch bei einem der Tribunalsvertreter versucht, für Jesus zu intervenieren. Aber vergebens.

Für Simon kam es dann noch schlimmer, er war auch eingeteilt, den Kreuzigungsgang von Jesus als Soldat zu begleiten. Er war ein paar Schritte hinter Jesus, sah das Blut am Boden und war auch sehr betroffen. Warum konnte sein Freund sich nicht einfach von seinen Ideen trennen und er würde freikommen. Wie konnte man sich nur so tief in eine Idee verrennen, die ja letztlich nichts bringen würde. Simon sah auch Maria, die Mutter von Jesus, und sagte ihr, dass er nichts für ihren Sohn tun konnte. Maria sah ihn an, aber nicht voll Zorn, sondern auf eine ganz eigenartige Weise – liebevoll.

Als Jesus gekreuzigt wurde, war es ganz still. Nur die Schreie von Jesus und zwei anderen, die gekreuzigt wurden, waren zu hören. Auch den Soldaten ekelte vor so einer Kreuzigung. Keiner wollte diese Arbeit verrichten. Meist haben sie die Gekreuzigten kurz nach Aufrichten der Holzbalken mit einer Lanze erstochen, um sich und den Todeskandidaten das grausame Leid zu ersparen. Bei

Jesus hatten sie jedoch den Befehl, zuzuwarten, bis er gestorben war.

Simon war einer der acht Soldaten, die unter dem Kreuz waren. Er begann zu weinen und erzählte den anderen Soldaten, dass Jesus sein Jugendfreund gewesen sei. Die anderen Soldaten waren sehr betroffen und zeigten Mitleid mit Jesus. Sie baten ihn, etwas von dem verdünnten Pflanzenkonzentrat zu nehmen, das die Schmerzen etwas lindern würde.

Die Geschichte über Jesus, wie sie Kira erzählte, passte so ganz und gar nicht in die Überlieferung der Bibel. Vieles in ihrer Geschichte war anders, radikaler, aber auch menschlicher. Sie erzählte von einem Jesus, der nicht über alles erhaben war, sondern ein freches, lebendiges Kind war. Von einem rebellischen Jugendlichen mit vielen Freundinnen, von denen er so manche ziemlich verstört, verlassen und verletzt hat. Von wilden Partys mit allem was Gott verboten hat. Von scheinbar gütigen Menschen, die Jesus umgaben, aber nicht immer so gütig waren. Und von Soldaten, die gar nicht um sein Gewand würfelten und ihn verhöhnten, sondern denen es vor diesem grausamen Schauspiel ziemlich ekelte. Und von seinem Freund Simon, der die Wege von Jesus immer wieder kreuzte, manchmal auf schöne und letztlich auf ganz tragische Weise. Bei Kiras Geschichte waren es auch Simon und seine Freundin, die sich auf einem Spaziergang über das Leben von Jesus unterhielten und dabei erkannten, dass dessen radikale Ideen ziemlich gut und ansteckend waren.

Ich war erstaunt, welch kritische Sicht Kira hatte, und doch fand ich ihre Überlegungen sehr interessant. Ich erkannte bei Kira jenes Jesus-Bild, das auch Monika hatte. Jesus als einfacher Mensch. Jesus als Mensch unter Menschen. Uns allen gleich und sicher kein Heiliger. Auch nicht so päpstlich wie der Papst. Aber ein Mann mit einer guten Idee, nämlich radikaler Nächstenliebe.

Chapter 12

Not a minute with you was ever in vain.

So Kira and I fell in love. It was very strange. Me, Yahya Ates, a man born in 2040. Born in Cairo, the most ugly place in the world. In the slums of Cairo called the Devils Corner. Beloved by my sister, Yanaia, whom I had to leave when I left Cairo while I was bringing Soma – the worst drug ever – to the Czech Republic.

Kira fell in love with me, the man who changed his name from Yahya Ates to Richard Altmann. A name that was more appropriate to me, more international. I was showing my desire to change my life in the Devils Corner to a life in the real world, in my new world.

Kira fell in love with me, the man who took all his courage and entered the office of Peter Morusch, the big boss of some companies. Me, who got the chance to work for Peter Morusch. Me, who became his partner and shot like a star in the business world. Me, ranking in the Top 100 of the richest business men of the United States.

Kira fell in love with me, the man who lost his former girlfriend, Monica, to her addictions to the same drug I brought to Prague. Me, full of ups and downs in his young life.

Kira fell in love with me, a man who always was in doubt of his God, who always was in search of Jesus. Who always learned from other people, especially from his former girlfriend Monica, that Jesus was a simple man with the world's greatest message: Love and Peace. Nothing more. Nothing more? Isn't this message enough to save the world?

And Kira, my new love? She was some years younger than me and gave not a second thought to my position or my money. She lived her young life with passion, with courage and with a sea of wisdom. She was blind since she was born. But she was full of energy. Yes, when you asked her: What do you want to change in your life? What is your deepest desire? Kira answered, that she wanted to control an airplane by voice controls. Or to write a book about Mauritius, the world's largest prison. But she never wished to be able to see. I was so deeply impressed by this attitude.

Kira often told me about the *"Little Prince"* by Antoine de Saint-Exupéry: You only can see clearly with your heart, the most important things in the world are invisible to the eyes.

We were very different. Maybe this was the thing that made us so close.

Kira and I started to live together. Or maybe, at least we tried. I was in charge of many people, many scientists and I travelled all over the world. Many days a year I spent visiting our companies and branches. We met as often as possible, in New York or Miami. Sometimes in London. And we liked to stay at home in Vancouver.

On our first Christmas Eve, Kira gave me a special gift. It was a picture. Even though she was blind, she loved pictures and paintings. Usually her mother was at her side and described the scene. Kira felt the temperature, the sun and the shadows. She smelled the flowers and the trees. The picture that she gave to me was of a small bank in a forest, some trees and lots of leaves. I really loved this photo, framed in a nice wood frame.

Some months after this special Christmas Eve I was in our Vancouver home and Kira was spending some time with her mother in Miami. I missed her very much and she told me to hold this special picture she gave me. I walked to the living room, where we placed it and took it from the wall. I did not know what Kira wanted me to do.

"Take the picture and take it out of the frame", Kira told me. So I did. Surprise! On the back side of the picture there was a poem. "I wanted to show it to you when I missed you the most and now, this is the moment", Kira said.

I read the poem called *"Not a Minute":*

You entered my life and I opened the door,
You did not ask – you just came in,
You gave me your smile and you did not ask for more,
And sometimes I think we cannot win.

You say you miss me – but is it just a word?
You try to know me, and – man – you try so hard,

You are not sure and you are free like a bird,
But you came like a thief and have stolen my heart.

You give me a feeling, that makes me so safe,
With you on her side, Lila feels no pain,
With you in my mind, I can stand the biggest wave,
Not a minute with you was ever in vain.

If we don't have much money – I don't mind,
"Is it okay, if I call you mine" – I will ask you instead,
I will look for your heart until I will find,
And I will not give up until I am dead.

I was so surprised and deeply impressed by Kira's words. I asked her if she wrote this by herself and she laughed loudly: "To be honest, Richard, I did not write this by myself. I found this picture in a small Thai shop in Chiang Mai, dealing with ancient paintings, pictures and books. This picture was dated many years ago and this poem on its back impressed me. I bought this picture with the poem … for you." I really loved Kira.

I often thought about religion, about Jesus and the people around him. And Kira was supporting my thoughts. Sometimes she confused me and changed the way I was looking at Jesus and his disciples. One evening she asked me about Paul, the prominent apostle of Christianity. "Of course, I know him. Paul is one of the greatest supporters of the Catholic Church ever. He was free of doubt, his life was full of love and peace", I answered. Kira smiled and started to tell me the real story of Paul.

"You know, Richard, Paul was nothing like you thought he was", she started. And I could not believe her story of Paul. But it is the true story:

Paul was born in Tarsus, a big town in today's Turkey. Actually his given name was Saul. He was a Pharisee, a Jew. The Jews had about 600 rules to follow; like Do's and Dont's. For example, the Jews were not allowed to walk more than some exactly predefined steps on Sabbath. Sometimes even the best educated Jews had a dispute about this: How to follow this rule of the Torah, when a house starts burning or a child falls into the sea. Walk and break the rule of the Torah? Or rest and watch the house burning and the child dying? Interesting question. Saul was very eager to obey all these rules. As a teenager, he left Tarsus and went to Jerusalem, where the best educated Jews became teachers. And he wanted to become one of them.

When Saul was about 25, a man called Jesus was crucified. Jesus was representing a small sect, called the Nazarenes. Most people simply called them the Jesus-people. Jesus was a Jew himself, but he also said that he was son of God. And he told the people to stop with all these rules and regulations of the Torah. God does not want to get dead animals and he loves people regardless of their colour, their status, their culture or their gender. Of course, the Jews were very confused. What to think about a man, who questions their religion? Who refuses to keep with the Jewish rules. No, this man, Jesus, acts against God and, therefore, has to die on the cross!

But after Jesus died, some people said that he resurrected. He rose from the dead and his friends saw him face to face.

The Jews hated hearing this story and so did Saul. He was in the front line when the Jesus-people were chased in Jerusalem and Caesarea. Saul hated the Jesus-people so much, he even attended the cruel spectacle when Saint Stephen suffered a death by stoning.

I could not believe what Kira was telling me. Saul, this great holy man of the catholic church, hated Jesus, his friends, and even chased them? But it is true. I never thought about this and I wanted to hear more about Paul. Kira continued to tell me the full story of Saul.

Saul was not only chasing the Jesus-people in Jerusalem. He also chased them all over the region. One day he went to Damascus, the capital of today's Syria, to find some Jesus-people to kill. On the way, Saul saw a bright light. He fell off his horse and suddenly could not see anything. He was blind. He heard a voice telling him "Saul, Saul, why do you chase me?" From this moment on, Saul believed in Jesus and changed his name from Saul to Paul. He could see again and became one of the greatest Christians who spread the Gospel across the former Roman Empire. In many regions he was chased himself. On his first trip to Antioch, he was nearly killed, but he never gave up. Today he is said to be the first true Christian.

So, Saint Paul, the truest Christian – he was chasing people, hurting them, and probably was responsible for even killing the Jesus-people.

But what was God planning for him? God did not hate him. He watched Paul's life. He followed his life. And one day God told him to change sides. God did not care about all the bad things Paul was responsible for.

I was impressed by Kira and her story about Paul. And moreover, I was impressed by the love of Jesus, who made a man, that was his enemy, to become his strongest advocate like we know Paul as he is today.

Kapitel 13

So viele Götter, an die die Menschen glauben.

Alex war erst 43, als sie starb. Beim Begräbnis in London waren viele Menschen, die ich nicht kannte, aber auch einige, die ich aus unserer gemeinsamen Studienzeit kannte. Und auch Peter Morusch war gekommen. Er hatte ja Alex und mir damals drei Millionen Dollar für unser Buch über Mozart gegeben, das sich als Plastikfolie zusammenlegen ließ. Peter Morusch hat bis heute das Patent auf diese Technologie.

Der Priester, der eine kurze Ansprache hielt, lobte Alex. Alex, die hübsche Sportlerin. Alex, die intelligente Physikstudentin. Alex, die immer anständig durch das Leben gegangen war. Alex, die sich immer um alle anderen gekümmert hatte. Alex, die viel Geld für Arme ausgegeben hatte.

Natürlich stimmte das meiste davon nicht. Ja, sie war hübsch, sportlich und intelligent. Aber sie machte nichts aus ihren Tugenden. Sie feierte die Nächte durch, schmiss das Geld für Alkohol und Drogen beim Fenster hinaus, und hat sich wohl nie für die ärmeren Menschen unserer Gesellschaft eingesetzt. Sie war ein Blatt im Wind, immer auf der Suche nach Glück, Geborgenheit und Liebe. Sie konnte es nicht genießen, einfach nur einem Schmetterling zuzusehen, einfach nur einen Sonnenuntergang zu beobachten. Aber ich hatte sie gerne. Sie begleitete mich lange Zeit und vielleicht war es gerade unsere Verschiedenheit, die uns so nahe brachte. Wir sahen uns ja immer wieder, liefen uns immer wieder irgendwo über den Weg. Und immer erzählte sie mir von einer gescheiterten Beziehung und gleichzeitig von einem neuen Mann in ihrem Leben, diesmal sollte es der Mann fürs Leben sein. Meist lächelte ich innerlich darüber. Und sie wohl auch ein bisschen.

Das Begräbnis war an einem grauen Morgen im September. Am Weg zum Friedhof kaufte ich eine Rose, die ich ihr ins Grab werfen wollte. In der Aufbahrungshalle waren vielleicht zwanzig oder dreißig Menschen, nur die engsten Vertrauten. Niemand von ihren Partybekanntschaften. Die Nachtschwärmer, mit denen sie sich die Zeit vertrieben hatte, kannten nur die lustige, immer gut gelaunte Alex. Aber die Alex in einem Sarg – nein, das wollten viele ihrer sogenannten Freunde doch nicht sehen.

Alex' Schwester teilte ein hübsches Bild von Alex aus. Auf der Rückseite – so meinte ihre Schwester – wäre ein Gedicht, das Alex einmal geschrieben hätte und das in ihrem Kasten gefunden worden wäre:

Would you dance if I asked you to dance?
Would you run and never look back?
Would you cry if you saw me crying?
Would you save my soul tonight?

Would you tremble if I touched your lips?
Would you laugh, oh please, tell me these?
Now would you die for the one you love?

Hold me in your arms tonight?

Would you swear that you'll always be mine?
Would you lie, would you run away?
Am I in too deep?
Have I lost my mind?
I don't care, you're here tonight.

Ein schönes, aber auch trauriges Gedicht. Es passte aber perfekt zu Alex.

Als ich vor ihrem Sarg stand, musste ich leise weinen. Kein großes, bebendes Gefühl der Verzweiflung, sondern ein stiller, leiser Gedanke an die Alex, die ich kannte. An die Alex, die mir immer so verbunden schien, obwohl wir grundverschieden waren. Wir lebten in anderen Welten und dennoch freuten wir uns über die Momente der kurzen Zweisamkeit, der Freude und manchmal, wenn auch selten, über ein ernstes Gespräch. Als die wenigen Menschen an ihrem Sarg vorbeigingen und sich verabschiedeten, schweiften meine Gedanken ab und ich erinnerte mich plötzlich an ein Gespräch mit Alex, das ich vor vielen Jahren mit ihr geführt hatte. Es war ein Gespräch über Gott und Religion.

Alex wusste, dass ich ein gläubiger Mensch bin. Eines Tages fragte sie mich, an welchen Gott ich denn glauben würde. „An Jesus, den Auferstandenen. An den Gott, wie ihn die Bibel beschreibt“, antwortete ich.

„Und an wen glauben die Moslems?“, fragte Alex weiter.

„An Allah“, erwiderte ich.

„Und die Juden?“ – „An den Gott Israels.“

„Die Hindus?“ – „An Krishna und andere Naturgottheiten.“

Langsam erkannte ich, worauf Alex hinaus wollte. „So viele Götter, an die die Menschen glauben“, dachte ich mir.

Alex stellte mir dann die entscheidende Frage: „Wie viele Götter gibt es?“

„Ich glaube … einen“, sagte ich etwas verlegen nach einer Weile.

„Und welcher ist dieser eine Gott? Jesus, Allah, Krishna oder ein anderer?“

Alex hatte Recht. So viele Menschen in dieser Welt glauben an einen Gott und jeder ist der Überzeugung, dass nur er an den richtigen, an den wahren Gott glaubt. Das würde aber heißen, dass die anderen Menschen alle irren. Dass sie an einen Gott glauben, den es nicht gibt.

Und dann begann eine sehr angeregte Diskussion. Wer auf dieser Welt hätte das Recht, zu behaupten, dass sein Glaube der einzige wäre, dass seine Religion die beste und sein Gott der einzig wahre wäre? Dürfe ich mir als Christ anmaßen, über andere Religionen zu urteilen, zu lästern, zu lachen? Dürfe ich mir anmaßen, zu behaupten, mein

Gott ist der richtige und ein paar Milliarden Menschen dieser Welt irrten sich in ihrem Glauben? Dürfe ein Moslem behaupten, Allah wäre der einzig wahre Gott? Dürfe ein Hindu behaupten, Krishna, oder Indra, der Regengott, oder Agni, der Gott des Feuers, wären die wirklichen Gottheiten? Dürften Christen in andere Länder reisen und dort die Menschen zu einem anderen Glauben bekehren?

Alex warf so viele Fragen auf und ich kannte die Antworten nicht. Sie hatte recht mit ihren Fragen. Sie verunsicherte mich damit und ich suchte nach Antworten, die ich nicht fand. Dann erzählte ich ihr etwas. Vielleicht war es nur eine Ausrede, ein Versuch einer Erklärung. Aber es war ein winziger, banaler Erklärungsversuch: „Es gibt nur einen Gott und der hat viele verschiedene Namen – Jesus, Allah, Krishna, Gott Israels und noch viele mehr. Aber es handelt sich immer um denselben Gott. Um einen Gott der Nächstenliebe, des Friedens und des Vertrauens."

„Es ist so, wie mit einem großen Gebäude", sagte ich weiter. „Es sieht von jeder Stelle etwas anders aus. An einer Stelle betrachtet man es von der Vorderseite, an einer anderen Stelle von der Rückseite. Es sieht jeweils etwas anders aus. Trotzdem handelt es sich immer um dasselbe Gebäude, eben nur aus anderen Blickwinkeln betrachtet."

Natürlich war das nur ein Versuch einer Erklärung. Aber so ähnlich könnte es wohl sein.

Dieses kurze Gespräch mit Alex lehrte mich aber vor allem eines: Jeder Mensch dieser Erde hat das Recht, seine Religion, seinen Glauben auszuüben. Gleichzeitig darf sich niemand das Recht herausnehmen, seinen Glauben als den einzig wahren hinzustellen und andere Religionen nicht ernst zu nehmen oder gar herabzuwürdigen. Ein Moslem sollte einen Christen und dessen Glauben an den auferstandenen Jesus respektieren. Ein Jude sollte einen Moslem und dessen Glauben an Allah respektieren. Ein Hindu sollte einen Buddhisten respektieren. Und: Ein Christ sollte den Glauben des Hindu, den Glauben eines Juden, den Glauben eines Moslems respektieren. Er darf sich nicht darüber stellen.

Alex erzählte mir auch eine Geschichte zum Schmunzeln: Ein Jude und ein Christ stritten sich. Der Jude meinte, dass Gott noch nicht auf der Erde war, sondern alle Juden in Erwartung seines – erstmaligen – Kommens seien. Der Christ meinte hingegen, dass Gott in Form von Jesus bereits auf der Erde war und sein Wiederkommen, also sein neuerliches Kommen auf die Erde bevorstehe. Letztlich bezog sich das Gespräch auf die ewige Streitfrage zwischen Juden und Christen, ob Gott schon einmal auf Erden war oder nicht. Eine alte Frau stand daneben und hörte zu. „Ihr wartet beide auf das Kommen Gottes. Warum fragt ihr Gott nicht einfach wenn er kommt, ob er schon einmal da war oder nicht?“, sagte sie. Der Jude und der Christ waren erstaunt über diese einfache Antwort und meinten, dass das wohl der beste Weg sei. Sie gingen fort und legten ihren Streit bei. Und die Frau sagte leise zu sich: „Gott ist weise genug, um euch auf eure Frage keine Antwort zu geben.“

Solche Gespräche mit Alex waren sehr selten. Meist drehte sich nämlich alles um ihr Leben, ein Leben auf der Überholspur, ständig im roten Drehzahlbereich, ständig in der Gefahr, den Lebensmotor zu überhitzen.

Einmal fragte mich Alex, wie ich mir den Tod vorstellte. War er real? War er ein Mann oder eine Frau? Und vor allem: Woran würde ich ihn erkennen, wenn er mir begegnete? Ich war verwundert über ihre Frage. Das passte überhaupt nicht zu Alex, dem puren Leben.

„Keine Ahnung, aber vielleicht hast du eine Vorstellung vom Tod", gab ich ihr die Frage zurück.

Alex überlegte nicht lange und erzählte mir, wie sie sich den Tod vorstellte. „Er ist ein großer Mann, gebildet und elegant gekleidet. Sein Kopf ist mit einem großen, schwarzen Hut bedeckt und man erkennt ihn an irgendwelchen Kleinigkeiten. Vielleicht an leeren Schneckenhäusern, die er mit sich trägt, oder an einer eleganten Uhr. Vielleicht auch an seinem Gang. Jedenfalls wird er nicht so auftreten, wie wir es erwarten würden."

Ich staunte damals über diesen Wortwechsel mit Alex. Er irritierte mich ein wenig, aber ich wusste nicht warum.

Alex war an einer Mischung aus Drogen und Alkohol gestorben. Ich erfuhr es von ihrer älteren Schwester Marcy. Es war auf einer Party, bei der auch einige prominente Sportler waren. Sie fiel ins Koma und starb einige Stunden später im Krankenhaus.

Marcy kannte Alex sehr gut und sie wusste um ihr Leben. Sie hat oft versucht, mit ihr zu reden. Sie zu einem anständigen, bürgerlichen Leben zu bewegen. Aber es war klar, dass das nicht gelingen konnte. Alex war ein Bohemien, eine moderne Zigeunerin.

Ich hätte nicht sagen können, dass mich der Tod von Alex sehr erschütterte. Dazu hatten wir in den letzten Jahren wohl zu wenig Kontakt gehabt. Aber ihr Tod hat mich doch berührt. Sie war noch viel zu jung, um zu sterben. Und vor allem kamen wieder viele Erinnerungen in mir hoch. Soma. Drogen. Überdosis. Tod. Wenigstens war das Begräbnis anständig und ehrwürdig. Nicht so wie bei Monika, die in Krakau vom DC 17 abgeholt und dann in ein Massengrab für namenlose Junkies, Huren und Obdachlose geworfen worden war.

Alex bekam viele Kränze mit schönen Blumen. Auf den meisten Kränzen waren Sprüche, letzte Worte. Sie bekam auch einen schönen Sarg und ein schönes Grab. Die Grabinschrift formulierte ihre Schwester:

Alex.
Her Life Was A Wildcard.

Kapitel 14

Ich war stolz auf ihren Stolz.

"Newark Liberty Ground, American Airways 750-D at Gate 18, request clearance to Vancouver, CYVR."

"American Airways 750-D, cleared for take off to CYVR, climb initially 6000ft, squawk 5456."

"Roger, cleared to Vancouver, climb initially 6000ft, squawk 5456."

Der Airbus American Airways 750-D hob pünktlich um halb neun vom Flughafen Newark in New Jersey ab und entschwand sodann in den Himmel.

Kira war auf dem Weg nach Vancouver, während ich bei einem Tochterunternehmen von Lisede in Peking war. China war für uns der wohl interessanteste Markt, jedoch auch ein sehr schwieriger. Immer wieder gab es Probleme mit den Zulassungen für unsere Produkte.

Leider war es oft notwendig, geschäftlich zu reisen. Ich versuchte zwar, in Amerika oder zumindest in Europa zu bleiben, aber manchmal musste ich auch nach Asien oder Australien. Ich beschränkte diese Aufenthalte auf das Notwendigste, auf Meetings mit wichtigen Geschäftspartnern. Kira pendelte öfters zwischen Vancouver, New York und London. Am liebsten verbrachten wir unsere Zeit aber in Vancouver.

Kira und ich waren jetzt seit drei Jahren verheiratet. Die Hochzeit war ganz geheim. Wir hatten nur eine Handvoll Leute eingeladen. Darunter waren Kiras Mutter und Peter Morusch. Es gelang uns somit, ganz ohne Rummel und Presse zu heiraten. Jeder sucht ganz spezielle Orte für seine Hochzeit. Auch wir hatten uns das lange überlegt. Letztlich wollten wir uns ganz schlicht dort das Jawort geben, wo wir uns zum ersten Mal geküsst hatten. Und das war auf einem Spaziergang im Central Park in New York. Am Rande einer großen Wiese lagen einige größere Steine, fast etwas unbequem zum Sitzen. Aber immerhin. Und genau dorthin gingen wir mit unserer großen Hochzeitsschar von gezählten acht Personen, gaben uns das Jawort und waren auch schon wieder weg. Das war ganz nach unserem Geschmack.

Kira flog also nach Vancouver. Auf ihrer Fahrt von Manhattan zum Flughafen Newark in New Jersey telefonierten wir noch kurz, bis die Verbindung aus irgendeinem Grund abriss. Sie meinte, dass sie mir noch etwas Wichtiges zu sagen hätte. Es ging wohl um das gemeinsame Abendessen, das wir mit Peter Morusch in Vancouver geplant hatten. Dort sollten auch einige wichtige Partner dabei sein und wir waren schon alle etwas nervös.

Bevor das Flugzeug nach Vancouver abhob, rief sie mich nochmals an. Ich meinte, sie bräuchte nicht nervös zu sein, die Sekretärin hätte mir ausgerichtet, dass die Gäste bereits in ihren Hotels in der Nähe von Vancouver wären und dort schon das Besichtigungsprogramm absolvierten.

Kira meinte, dass sie doch gar nicht nervös wäre. Es gehe doch nur um … und wieder riss die Verbindung ab. „Irgendwann werde ich ein Mobilfunkunternehmen kaufen und mehr Qualität in die Verbindungen reinbringen“, sagte ich leise zu mir.

Immer wieder erstaunte mich Kira, wie sie ihr Leben in Blindheit meisterte. Oft meinte ich, dass sie es sich selbst nicht immer so schwer machen sollte. Sie könnte mit unserem Firmenjet fliegen, unsere Chauffeure benützen, First Class Tickets erhalten. Doch nichts davon. Sie rief sich wie jeder andere ein Taxi, flog ganz normal in den meist engen Flugzeugen und schlug sich auch sonst wie jeder andere Blinde durchs Leben. Sie hatte einen Stolz und ich respektierte diesen. Nein, ich respektierte ihn nicht nur, ich war stolz auf ihren Stolz.

"Detroit Metro Airport, Detroit, contact American Airways 750-D."

"Roger, American Airways 750-D, contact."

"Roger, American Airways 750-D, radar contact. Deviation from Route V748. Please correct your route to V748."

"Roger, American Airways 750-D. Deviation. Proceed with correction to Route V748."

Der Flug ging von New York über Detroit nach Chicago und dann weiter nach Vancouver. In Detroit meldete der

Flughafen eine Abweichung von der geplanten Flugroute, die die Piloten des Airbus zu korrigieren versuchten.

“American Airways 750-D. Correction to route V748 is done. DTW, please confirm.”

“American Airways 750-D. Correction still missing. Deviation from Route V748 still existing. You are on Route V756.”

Der Airbus hatte also eine Kursabweichung, was grundsätzlich leicht zu korrigieren war. Aus irgendeinem Grund konnten aber die Korrekturen im Airbus nicht vorgenommen werden. Der Airbus blieb auf einer anderen Route.

“American Airways 750-D. Correction still missing. Stay on route V756 and correct to Route V748 in area Chicago. Bye.”

“Roger, American Airways 750-D. Correction to Route V748 in area Chicago. Bye.”

Das Flugzeug konnte also gemäß Tower des Detroit Metro Airport auf dieser Route bleiben und sollte dann eben bei Eintritt in den Großraum Chicago die Änderung vornehmen.

Grundsätzlich waren die Airbusse der American Airways Wunderdinge der Luftfahrt. Es waren jene doppelstöckigen Großraumflugzeuge, in denen bis zu 900 Personen Platz fanden. Eigentlich unvorstellbar. Ein

Flug von New York nach London dauerte nur noch etwas mehr als drei Stunden, die Triebwerke waren enorm leise und – sofern man in der First Class reiste – konnte man meinen, dass man in einem angenehmen Wartesaal eines Hotels bei einem Drink auf jemanden warten würde. Ich war immer wieder erstaunt darüber, welche Entwicklung die Luftfahrt in den letzten zwanzig Jahren genommen hatte.

"American Airways 750-D. Correction is required. Please correct to Route V748. Airbus 377 from Los Angeles LAX to London Heathrow LHR is routing in 85 minutes. Please confirm."

"Roger, American Airways 750-D. Airbus 377 from LAX to LHR is routing in 85 minutes."

Der Airbus konnte also doch nicht auf der Route bleiben, da auf dieser Route ein anderer Airbus nach London unterwegs war. Es bestand jedoch kein Grund zur Aufregung, da sich diese Routen erst in 85 Minuten kreuzen würden, und das auf unterschiedlicher Höhe.

Kapitel 15

Genau über Chicago City.

„Mr. President, wir haben jemanden in der Emergency Line und können diesen nicht identifizieren. Er meinte, er müsste Sie direkt sprechen. Er nannte den korrekten Bilateral Personal Code für die direkte Schaltung in das Weiße Haus. Aufzeichnungen laufen, Secret Service ist bereits in der Leitung, Identifikation durch FBI läuft. Bitte nehmen Sie das Telefonat."

Es war der persönliche Assistent des Präsidenten der Vereinigten Staaten. Präsident John B. Spears nahm das Gespräch.

„Die Operation Cross Fire hat viele Gefangene gefordert. Insgesamt sind 154 unschuldige Kämpfer Chinas in die Hände der kubanischen Armee gefallen. Wir fordern die Freilassung dieser Kämpfer, die sich derzeit auf Mauritius Nord Territorium befinden, und freies Geleit nach Shantou mit drei Passagierflugzeugen."

Die Operation Cross Fire war eine Aktion, die zwar von der kubanischen Armee ausgeführt wurde. Dahinter steht jedoch seit vielen Jahren die USA. Die kubanische Armee ist quasi das Spezialkommando der Amerikaner, von diesen völlig abhängig und international tätig. Bei der Operation Cross Fire ging es darum, dass einige amerikanische Spione in China aufgedeckt wurden und von diesen mehrere sehr brisante militärische

Geheimnisse abgepresst werden sollten, was die USA nicht zulassen konnten. Diese entschlossen sich deshalb zu einem Angriff, den die kubanische Spezialeinheit durchführte. Dabei wurden auch 154 chinesische Soldaten gefangen genommen, die auf die Gefangeneninsel Mauritius gebracht und dort im Nordteil, der den USA zugeordnet war, untergebracht wurden. Natürlich versuchten jetzt die Amerikaner ihrerseits die Gefangenen zu verhören, und sie galten dabei als ebenso brutal wie die Chinesen. Unter den Gefangenen befanden sich einige Chinesen, die wichtige Details über die militärische Lage Chinas kannten, und China konnte es sich ebenso wenig leisten, diese wichtigen Informationen in die Hände Amerikas fallen zu lassen.

Der Notfallsplan der US-Regierung für so eine Situation ist genau festgelegt. Zunächst sollte auf Zeit gespielt werden, um den Fangschaltungen und Autorisierungsmechanismen der FBI-Sondereinheit genügend Zeit zu verschaffen. Erste Priorität war das Lokalisieren und Identifizieren des Anrufers. Es galt dabei herauszufinden, ob es sich um eine ernsthafte Bedrohung handelte. In Sekundenschnelle läuft ein Voice Scanner durch die Datenbank des FBI. So wie vor Jahrzehnten die Fingerabdrücke oder die Augeniris zur Identifikation benutzt wurden, so war es längst möglich, die Stimme eines Unbekannten zu scannen und mit den Aufzeichnungen in der Terroristen-Datenbank abzugleichen.

„Sie brauchen sich nicht zu bemühen. Meine globale Identität wird unter EWRST129932-34 geführt. Ich bin chinesischer Staatsbürger und arbeite im Auftrag des chinesischen Geheimdienstes Guojia Anquan Bu. Mein Aufenthaltsort ist 39 Grad 8 Minuten Nord, 117 Grad 11 Minuten Ost. Schaltzentrale von Guojia Anquan Bu in Tianjin."

Die Angaben wurden sofort überprüft. Ein Mitarbeiter des Secret Service nickte dem Präsidenten zu.

„Wir werden mit Ihnen weiteren Kontakt aufnehmen, sobald wir Ihre Daten überprüft haben", sagte der Präsident.

„Bei allem Respekt, Mr. President, aber Ihr Secret Service hat soeben mehrere Zugriffe auf die Terroristen-Datenbank gemacht und meine Identität geklärt", antwortete die Stimme am Telefon. „Soeben sind drei Passagierflugzeuge im Anflug auf den Airport Mauritius. Wir erwarten den Transfer der gefangenen chinesischen Soldaten innerhalb der nächsten 50 Minuten."

Plötzlich wurde einer der Secret-Service-Leute in einen anderen Raum gebeten und kam mit einer Meldung zurück. „Mr. President, wir haben soeben die Information bekommen, dass es auf einer Flugroute zu einem Problem kommen könnte. Zwei Großraum-Passagierflugzeuge nehmen einen Kollisionskurs."

„Mr. President, wie Sie sicher schon informiert wurden, sind zwei Passagierflugzeuge mit insgesamt 1.437 Personen auf einem Kollisionskurs", sagte die Stimme am Telefon.

„Ja, ich wurde soeben informiert."

„Der chinesische Geheimdienst hat die Master-CPUs sowie die Crypto-Chips der Flugzeuge in der Hand. Die Piloten und die Bodencrews sind nicht mehr in der Lage, die Flugzeuge zu steuern", sagte die Stimme am Telefon. „Die Flugzeuge werden seit ihrem Take-Off vom chinesischen Geheimdienst gesteuert. Wenn unsere chinesischen Helden, die von den USA auf Mauritius gefangen gehalten werden, nicht in … 48 … Minuten zu den Flugzeugen gebracht werden, mit denen sie aus Mauritius ausgeflogen werden, werden die zwei Großraumflugzeuge in einer Höhe von 2.300 Fuß genau über Chicago City kollidieren, explodieren und abstürzen."

Der Präsident wurde ganz still. Er wusste, was das zu bedeuten hatte. Es würde einerseits politisch nicht möglich sein, die chinesischen Gefangenen freizulassen, sowie strategisch unmöglich sein, sich erpressen zu lassen. Es würden bereits in Tagen oder Wochen die nächsten Erpressungsversuche stattfinden. Andererseits standen sehr viele Menschenleben auf dem Spiel, nicht nur die Passagiere und Bordmitarbeiter. Sollte es zu einem Absturz über Chicago City kommen, würden nochmals weitere tausende Menschen in diesem dicht besiedelten Raum getötet werden.

„Wir werden eine Lösung finden, die auch für Sie tragbar ist. Aber Sie müssen verstehen, dass wir derzeit nicht in der Lage sind, sofort …"

„Es sind noch … 46 Minuten. Wir ersuchen um einen Bericht über die Fortschritte alle zehn Minuten. Es gibt keine Verhandlungen.“

Kapitel 16

Panik, Verzweiflung, Schreie, Sprachlosigkeit.

„Sehr geehrte Passagiere, sehr geehrtes Bordpersonal!“, ertönte eine höfliche Stimme zeitgleich in beiden betroffenen Passagierflugzeugen. „Sie befinden sich in einem Flugzeug der American Airways. Ihr Flugzeug wird vom chinesischen Geheimdienst gesteuert. Weder Bodenpersonal noch Bordpersonal haben die Möglichkeit, in die elektronische Flugsteuerung einzugreifen. Ihr Flugzeug befindet sich auf einem ferngesteuerten Kollisionskurs mit einem anderen amerikanischen Passagierflugzeug und wird in Kürze mit diesem über Chicago City kollidieren und explodieren. In den beiden Flugzeugen sind insgesamt 1.437 Personen, davon 1.235 amerikanische Staatsbürger, 118 kanadische Staatbürger, 41 kubanische Staatsbürger, 31 mexikanische Staatsbürger und 12 nicht chinesische Bürger anderer pro-amerikanischer Länder. 954 Personen hiervon sind verheiratet, es sind 365 Mütter und 45 Kinder unter zehn Jahren an Bord. Weiters finden sich drei Regierungsmitglieder und 18 Angehörige des amerikanischen Militärs darunter.“

Die Chinesen hatten also die beiden Flugzeuge in ihrer Gewalt und steuerten sie aus der Ferne. Mit ihrer Durchsage wurde klar, dass sie sich sehr genau auf diesen Tag vorbereitet hatten.

Was sich in dieser Situation in den Flugzeugen abspielte, war wohl kaum zu beschreiben. Panik, Verzweiflung, Schreie, Sprachlosigkeit.

„Die mobilen Passagierkommunikationsmodule sind aktiviert. Allerdings können Sie damit nur zwei Adressaten anrufen. Mit der Nummer 1 gelangen Sie über eine Direktschaltung in das Weiße Haus zum Präsidenten. Mit der Nummer 2 gelangen Sie zu ihrer Familie, zu ihrem Freund, zu ihrer Freundin oder zu Ihren Kindern am Boden. Sie haben jetzt die Möglichkeit, die Kommunikation zu beginnen“, ertönte die Stimme ganz unaufgeregt aus den Bordlautsprechern.

Die Strategie der chinesischen Erpresser war wirklich erstaunlich ausgefeilt und überlegt. Während die amerikanischen Antiterroreinheiten, das FBI, der Secret Service und der Präsident beschäftigt waren, die Situation in den Griff zu bekommen und einen Ausweg zu suchen, erlaubten die Chinesen den Passagieren, ihre Verzweiflung zu teilen: Mit dem Präsidenten und den nächsten Angehörigen am Boden. Es war die perfekte Entführung. Das amerikanische Luftleitsystem musste entschlüsselt werden, um Zugriff auf die Remote Control der Flugzeuge zu bekommen. Die Chinesen haben hier ganze Arbeit geleistet. Kein Chinese musste an Bord der Maschinen geschleust werden, keine Selbstmordattentäter wie zum Beispiel beim Angriff der Al-Kaida auf Manhattan am 11. September 2001. Keine Gefahr für irgendeinen Chinesen. Weiters wurde genau studiert, welche Flugzeuge mit welchen Passagieren an Bord für die Kollision verwendet würden. Es sollten zwei

Flugzeuge einer amerikanischen Fluglinie sein mit jeweils einer hohen Anzahl amerikanischer Staatsbürger, möglichst vielen Müttern mit möglichst vielen Kindern, möglichst mit Regierungsmitgliedern, möglichst hoher Auslastung sowie einem Kollisionsort über einem dicht besiedelten Gebiet. Ein System der linearen Programmierung hatte wenige Tage zuvor auf Basis dieser Koordinaten die beiden Flugzeuge und den Kollisionsort Chicago City ausgewählt.

Jeder Sitzplatz in den Flugzeugen war standardmäßig mit dem sogenannten mobilen PKM, dem Passagierkommunikationsmodul, ausgestattet. Das war sozusagen ein Mobiltelefon, integriert am jeweiligen Rücksitz des Vordermannes, das während des Flugzeuges für Telefonate, für Mails, für elektronische Kommunikation generell oder einfach nur für Entertainmentzwecke benutzt werden konnte. Diese einfachen PKMs wurden jedoch in den beiden Flugzeugen so geschaltet, dass nur die Nummer des Präsidenten und eines nahen Angehörigen gespeichert waren. Dafür hatten sich die Chinesen in die gläsernen Datenbanken, wie sie überall üblich waren, eingeloggt und die Daten wie Beruf, Familienstand, Kinder, Angehörige abgefragt. Durch die Schaltung zum Präsidenten einerseits und zu den Angehörigen andererseits wollte man sowohl den Präsidenten als auch die amerikanische Öffentlichkeit unter einen hohen Druck setzen, damit auf die Forderungen rasch eingegangen würde. Eine geniale Vorbereitung der Chinesen.

Zeitgleich mit den Durchsagen an Bord wurden von den Chinesen genaue Daten über die Entführung, über Opfer, über die mögliche Katastrophe in Chicago City an die weltweite Presse weitergegeben, um den Druck auf den amerikanischen Präsidenten nochmals zu erhöhen.

Kapitel 17

Unser Sohn wird Christopher heißen.

„Warum sagst du mir das erst jetzt?"

„Ich habe es in den letzten Tagen mehrmals versucht, aber du hattest wenig Zeit zuzuhören. Oder die Verbindung ist abgerissen."

„Seit wann weißt du es?", fragte ich weiter.

„Seit ungefähr drei Wochen."

Ich atmete tief durch. Der Puls begann schneller zu werden. Das Blut schoss mir in den Kopf.

„Es hätte so schön werden können, aber die Situation hat sich geändert. Wir müssen das so nehmen, wie es kommt", sagte Kira in gewohnt rationaler Weise. So als ob alles vorherbestimmt wäre und nichts geändert werden könnte.

Nach einigen Sekunden der Stille fuhr sie fort. „Es ist ein Junge."

Ich begann zu weinen. Zuerst still, dann musste ich laut aufschreien.

Kira und ich sollten ein Kind, einen Jungen bekommen. Kira war also schwanger und hatte mehrmals versucht, es mir zu sagen. Jetzt konnte ich mich erinnern. Immer wieder hatten wir in den letzten Tagen telefoniert, aber ich hatte nie Zeit, wirklich mit ihr zu sprechen, oder die Verbindung riss ab. Immer war etwas anderes gerade wichtiger. Sie wollte mir schon vor Tagen sagen, dass wir ein Kind bekommen. Dass ich einen Sohn bekommen würde. Das Schicksal wollte es wohl, dass ich es in dieser Situation erfuhr.

Kira war in jenem Airbus, der nach Vancouver unterwegs war und zur Kollision bestimmt war. Sie nutzte sofort die Gelegenheit, um mich anzurufen. Sie erzählte mir über die Situation im Flugzeug, über die Durchsage und über das Katastrophenszenario. Kira war erstaunlich ruhig und gefasst. Es schien mir fast so, als wollte sie nicht wahrhaben, in welcher Gefahr sie sich befand.

Wieder einmal war ich in einer Lage, die mir jede Kraft entzog. Ich begann zu zittern. Warum sollte ich wieder einen Menschen verlieren, der mir so viel bedeutete? Und es war mein Traum, mit Kira eine echte Familie zu gründen. Kinder, ein schönes ruhiges Leben in Vancouver. Ein kleines Haus, wenig Prunk, wenig Luxus. Nur meine kleine Familie. Ein Traum, der jetzt in sehr weite Ferne gerückt schien. Wieder fragte ich mich dieselben Fragen: Wieso ich? Wieso wurde mir so viel Freude zuteil, die ich immer wieder mit so viel Leid bezahlen musste? Ich fühlte mich wie in einem teuflischen Tauschhandel. Für jede Minute Freude in meinem Leben musste ich eine Stunde Leid ertragen. Jedes Gramm Lebenslust bezahlte ich mit einem Kilo Schmerz.

Mir war klar, dass sich die US-Regierung nicht erpressen lassen würde. Ähnliches war in den letzten Jahren mehrmals passiert. Nicht in dieser Dimension, aber es waren jedes Mal amerikanische Staatsbürger entführt worden, um Gefangene freizupressen. Es hatte in den meisten Fällen nicht funktioniert. Manchmal wurde viel Lösegeld bezahlt. Aber die Freilassung von Gefangenen konnte niemals durchgesetzt werden. Die amerikanische Regierung war hier rigoros und wollte es unbedingt vermeiden, Nachahmungstäter zu ermutigen. Genutzt hat das freilich wenig. Es gab immer wieder ähnliche Erpressungsversuche.

„Kira, ich werde sofort zu Peter Morusch fahren, der nur ein paar Häuserblocks weiter in einem Hotel ist. Er hat gute Beziehungen zu Regierungskreisen." Es war das Einzige, was mir in diesem Moment einfiel. Peter Morusch einzubinden war ja auch nicht gerade eine glanzvolle Idee. Warum und wie sollte gerade er helfen können, wo doch wahrscheinlich ganz andere, wichtigere und einflussreichere Leute mit der Situation beschäftigt waren.

„Kira, ich liebe dich", sagte ich. „Ich verspreche dir, wir werden uns wiedersehen und gemeinsam unseren Sohn großziehen. Es wird wunderschön. Ich verspreche es dir. Ja, ich verspreche es dir."

„Richard, ich liebe dich auch. Wir werden uns wiedersehen", sagte Kira. „Was meinst du, gefällt dir der Name Christopher für unseren Sohn?", fragte sie mich.

Ich biss die Zähne zusammen. Tränen schossen mir in die Augen. In meine Verzweiflung mischte sich Ohnmacht und Hilflosigkeit.

„Kira, unser Sohn wird Christopher heißen, ja, Christopher, so soll er heißen“, antwortete ich mit zitternder Stimme.

„Ich freue mich schon darauf, unseren Sohn in den Armen zu halten. Und ganz besonders freue ich mich auf …“, sagte Kira, bevor die Leitung abriss.

Ich wusste nicht, was ich tun sollte, wie ich helfen konnte. Peter Morusch. Ja, ich musste zu ihm fahren und mit ihm sprechen. Er war der einzige Mensch, mit dem ich jetzt reden wollte. Vielleicht konnten wir etwas tun.

Kapitel 18

Gelbe Rosen für Kira.

Ich stieg in das Auto und fuhr los. Ich war plötzlich ganz ruhig. Ich musste immer an Kira und an unseren ungeborenen Sohn denken. Zwischendurch kamen mir auch andere Gedanken, Erinnerungen an meine Familie in den Slums, an meinen Freund Karim, den ich bereits in meiner Jugend verloren hatte. An meine jüngere Schwester Yanaia, die ich wohl nie wieder sehen würde. An Monika, die von den Drogen aufgefressen worden ist. An Alex, deren Leben auch viel zu früh zu Ende gegangen war. An meine Freunde Tom O. Woods und Andy McKolt. Alles ging mir durch den Kopf und gleichzeitig konnte ich doch keinen klaren Gedanken fassen.

Ich parkte das Auto und ging zur Eingangstür. Peter Morusch erwartete mich bereits mit ernster Miene. Er gab mir die Hand und sagte: „Komm, lass uns hineingehen!"

Wir betraten den Raum. Der Duft war sehr angenehm. Es roch nach Wald, Moos und Frühling.

Wie sehr hätte ich mir gewünscht, dass ich unter anderen Umständen mit Peter Morusch hier wäre. Nicht an diesem Tag, in dieser Situation. Ständig versuchte ich, meine Gedanken zu ordnen, was mir aber nur sehr schlecht gelang.

„Gelb?“, fragte mich eine Stimme, wissend, was die Antwort sein würde.

Ich nickte. „Ja, gelb“, sagte ich mit trockener Stimme, ohne nachzudenken.

Peter Morusch und ich stiegen wieder in das Auto und fuhren los. Wir saßen gemeinsam im Auto, aber wir sprachen nichts. Jeder war für sich in seinen Gedanken versunken. Vielleicht wollte mich Peter auch einfach nicht in meinem Nachdenken stören.

Wir kamen an. Wir passierten den Schranken und fuhren die rechtwinkelig angelegten Straßen entlang. Eigentlich waren es ja keine Straßen, sondern breitere asphaltierte Wege. Es gab auch keinen Verkehr, keine Ampeln, keine Verkehrszeichen, keine Sperrlinien. Es war eben einer dieser typischen amerikanischen Friedhöfe. Nur kleine Grabsteine mit Namen darauf. Keine Kreuze, keine üppigen Marmorsteine, keine Blumenbeete, keine Kerzen. Der Friedhof lag in Connecticut am Rande einer kleinen Stadt namens Danbury.

Ich ließ das Auto einige Meter vor dem Grab stehen, nahm die gelben Rosen und stieg aus. Während wir zum Grab gingen, fragte mich Peter, warum es immer gelbe Rosen waren. Warum nicht eine andere Farbe, warum nicht rot?

„Weißt du, Peter“, sagte ich, „wenn jemand von Geburt an blind ist, hat er kein Gefühl für Farben. Ein Blinder kann nicht verstehen, was eine Farbe ist. Kira hat mir aber oft erzählt, dass ein von Geburt an Blinder beim Blick in die Sonne etwas Warmes und manchmal so etwas wie Helligkeit empfindet. Blinde assoziieren dieses Gefühl oftmals mit gelber Farbe. Somit ist gelb eine besondere Farbe für einen Blinden, nämlich eine Farbe, die er irgendwie fühlen und verstehen kann."

„Und deshalb nimmst du für Kira immer gelbe Rosen", sagte Peter leise mit einem wissenden Blick.

„Ja", antwortete ich. „Drei gelbe Rosen. Für jedes unserer gemeinsamen Jahre eine Rose. Drei wunderbare Rosen für drei wunderbare Jahre. Und eine vierte Rose für unseren ungeborenen Sohn."

Ich gab die Rosen in die leere Vase vor dem Grabstein.

Auf dem Grabstein standen die Worte:

Shine On.
Kira And Christopher.

Es war jetzt genau ein Jahr her und trotzdem konnte ich mich noch an jede Minute, ja an jede Sekunde erinnern.

An jenem Tag ging alles so schnell. Als die Verbindung zu Kira abgerissen war, kamen die ersten Meldungen im Fernsehen. Es waren Botschaften der Erpresser, die sich nicht nur in die Flugzeuge, in die Bordcomputer, sondern auch in Fernsehstationen eingeloggt hatten und von dort ihre Botschaften verbreiteten. Es war der Plan der Erpresser, eine möglichst breite Öffentlichkeit zu erreichen und so den Druck auf die amerikanische Regierung zu erhöhen.

Ich fuhr damals tatsächlich zu Peter Morusch und erzählte ihm, dass Kira im Flugzeug war. Dass ich mit ihr soeben telefoniert hatte. Dass ich Vater werden würde. Unter Tränen sagte ich ihm, dass unser Sohn Christopher heißen solle.

Peter Morusch konnte in dieser Situation für mich nichts tun, außer mit mir gemeinsam zu warten und die Nachrichtensendungen zu verfolgen.

Die Passagiere beider Flugzeuge tätigten ihre Anrufe. Zuerst telefonierten sie mit jemandem aus ihrer Familie, dann versuchten einige auch, die zweite Schaltung zum Präsidenten zu nehmen. Natürlich war der Präsident in dieser Situation nicht bereit, mit jemandem zu sprechen, aber allgemein wurde dadurch der Druck auf die Regierung vergrößert.

Späteren Recherchen zufolge hat Kira nicht versucht, den Präsidenten zu erreichen, sondern hat – vergeblich – versucht, noch einmal mit mir zu sprechen. Es sollte nicht sein. So gerne hätte sie mir noch etwas sagen wollen, in unserem letzten Gespräch. Ihre letzten Worte waren „Ich freue mich schon darauf, unseren Sohn in den Armen zu halten. Und ganz besonders freue ich mich auf …“

Ich werde wohl nie erfahren, worauf sie sich so besonders gefreut hat.

Die chinesischen Erpresser hatten wirklich an alles gedacht. Wie sich später herausstellte, hatten sie sogar das Wetter in ihre Überlegungen miteinbezogen. So wie am 11. September 2001, am Tag der Al-Kaida-Angriffe auf das World Trade Center in Manhattan, herrschte auch an diesem Unglückstag wunderschöne, klare Fernsicht über Chicago-City. Und die Erpresser filmten alles ganz genau und speisten alles in die News-Channels der weltweit wichtigsten Fernsehsender ein: Fox-News, Clinton-TV, KaidaBroadcast, MinhAsia, und so weiter.

Innerhalb weniger Sekunden nach Bekanntwerden der Flugzeugentführungen waren die Internet-Adressen, wie zum Beispiel www.chicagomassacre.net, www.chicagocollision.net, www.chicagohijacking.net, vergeben und von Newskanälen reserviert. Nach zwei, drei Minuten begannen bereits die Versteigerungen dieser Adressen in Trade.com, einer Internetbörse, die sich einige Jahre zuvor aus der Fusion von Google und Ebay entwickelt hatte.

Aber es gab noch weit mehr unmoralische Auswüchse des Kapitalismus in Zusammenhang mit der Kollision. Die bedeutendsten Brokerhäuser schichteten bereits innerhalb von wenigen Sekunden nach Bekanntwerden der Entführung ihre Aktienportfolios um. Aktien von Bauunternehmen in Chicago wurden ebenso übergewichtet wie die Werte von amerikanischen und chinesischen Rüstungsbetrieben oder Fernsehstationen. Massiv verkauft wurden hingegen Werte von Fluglinien. Die Aktie von American Airways stürzte nur neunzig Sekunden nach der ersten Meldung über die Entführung um 35% ab. Ebenso unter massiven Druck kamen die meisten Aktien von Reiseunternehmen, die auf Übersee-Destinationen spezialisiert waren.

Die Regierung wollte nach Bekanntwerden der Bedrohung Chicago-City geordnet evakuieren lassen und die Bewohner – ungefähr zwölf Millionen im Stadtkern – an den Stadtrand befördern. Das scheiterte jedoch zum einen an der Panik, die durch die Live-Übertragungen der Chinesen einsetzte, und andererseits dadurch, dass sich die Chinesen auch in die Verkehrsleitstelle von Chicago eingeloggt und weite Teile der Chicago-Subway lahmgelegt hatten.

Die amerikanische Regierung unter der Führung von Präsident John B. Spears ließ sich nicht erpressen und nahm die hohe Anzahl der Opfer in Kauf. Die beiden Flugzeuge kollidierten, wie vorausberechnet, kurz vor halb zwei über dem Stadtkern von Chicago in einer Höhe von nur 2.300 Fuß. Und das Ganze bei strahlend blauem Himmel vor tausenden privaten Fotoapparaten und Videokameras, über die weltweiten News-Channels live übertragen an mehr als fünf Milliarden Menschen. Bei der Kollision kamen alle Passagiere und das gesamte Bordpersonal ums Leben. In Chicago selbst brach ein Inferno aus, das weite Verwüstungen anrichtete. Die Zahl der Todesopfer am Boden schätzte man damals auf 6.000. Die genaue Anzahl ließ sich nie ermitteln, da es in Chicago viele nicht registrierte, illegale Einwohner gab. Die Anzahl der Verletzten schätzte man auf 4.000.

Tausendfaches Leid bei den Betroffenen, bei den Angehörigen. John B. Spears wurde damals zum Rücktritt gezwungen, obwohl jeder Präsident vermutlich so wie er gehandelt hätte.

Aber was sind die Tausenden, anonymen Menschen, die ihr Leben verloren hatten. Von vielen bereits ein paar Tage später wieder vergessen. Eine solche Vielzahl von Toten ist kaum mehr vorstellbar. Der Verstand kann das Ausmaß an Leid gar nicht erfassen, wenn es so viele Tote gibt. Angeblich macht das menschliche Gehirn keinen Unterschied mehr, wenn es bei einem Unglück über fünfzig Tote gibt. Das Gehirn kann nicht mehr unterscheiden, wie groß die Tragödie ist, wenn es sich um eintausend, zweitausend oder zehntausend Tote handelt.

Was sind also so viele Tote, wenn man einen lieben Menschen verliert. Es wird alles relativ. Die Gedanken drehen sich sowieso immer nur um den eigenen Ehepartner, den Sohn oder die Tochter, den Vater oder die Mutter.

Bei mir waren es Kira und unser ungeborener Sohn. Als ich die Bilder im Fernsehen mitverfolgte, musste ich mich übergeben. Ich begann zu zweifeln. Warum lässt Gott so etwas Schreckliches geschehen? Es wäre doch in seiner Macht gewesen, die Flugzeuge so zu lenken, dass sie sicher am Boden gelandet wären. Was hat Kira, was habe ich falsch gemacht, dass wir so bestraft worden sind?

Ich fühlte mich von Gott verlassen. Als in den Tagen und Wochen darauf in den Kirchen Amerikas und der ganzen

Welt für die Opfer und Angehörigen dieses Massakers gebetet wurde, kamen mir wieder so viele Zweifel an Gott. In den Fürbitten im neuen New Orleans Stadion wurde Gott gebeten, den Angehörigen Mut zu geben und sie nicht verzweifeln zu lassen. Aber was ist das für ein Gott? Wäre er ein guter Gott, dann hätte er doch dieses Unheil ganz einfach von vornherein verhindern können.

Der Tag, an dem ich meine geliebte Kira und unser ungeborenes Kind verlor, zählte wohl zu den schlimmsten Tagen in meinem Leben. Genauso schlimm wie der Tag, an dem ich Monika verloren hatte. Nein, sogar schlimmer.

Kapitel 19

Es könnte sein, dass dieser Traum die Antwort ist.

Ich betrat das Zimmer und setzte mich an den Tisch. Es war unser Wohnzimmer in unserem kleinen Landhaus, das etwas außerhalb von Vancouver am Whistler Mountain lag. Das Wohnzimmer war bäuerlich eingerichtet und man fühlte sich in diesem Raum sehr wohl. Ich war zwei Wochen auf Dienstreise und war sehr müde. Ich wusste, dass Kira in der Küche war und in Kürze ins Wohnzimmer kommen würde. Ich nahm mir vor, sie ganz unvoreingenommen zu grüßen, obwohl unser Aufeinandertreffen natürlich unter einem ganz anderen Stern stand. Sie hatte mir vor einigen Tagen mitgeteilt, dass sie Krebs hätte und dass sie mit der Chemotherapie bereits begonnen hätte. Sie sagte es mir, während ich in einem unserer Werke in China war.

Ich hörte ein Geräusch und plötzlich stand Kira im Raum. Sie war ganz bleich und hatte keine Haare. Ihre schlichte Schönheit war einem gespenstischen Aussehen gewichen. Wir begrüßten uns in gewohnter Vertrautheit und waren uns doch so fremd. Die Zeit schien in diesem Augenblick stillzustehen. Ich fühlte mich wie in einer Parallelwelt, nicht in meiner gewohnten Welt. Kira ging zur Couch und setzte sich. Sie war sehr müde. Sie war eigentlich in den letzten Tagen und Wochen immer sehr müde.

„Monika!", rief Kira plötzlich. „Hallo Monika, komm doch rein zu uns!"

Ich erkannte, dass Kiras Gedächtnis bereits unter der Diagnose Krebs litt. Offenbar hatte sie Halluzinationen.

„Kira“, sagte ich mit leiser, trauriger Stimme, „Monika ist seit Langem tot. Komm, versuch etwas zu schlafen. Leg dich auf die Couch. Die Ruhe wird dir gut tun.“

Kira legte sich auf die Couch. Ich hatte Tränen in den Augen und ging zu ihr. Ich nahm sanft ihren Kopf und drückte ihn an meine Brust. Ich glaube, Kira hat gar nicht genau registriert, was vor sich ging. Leise bahnten sich meine Tränen den Weg von meinen Augen über meine Wangen und manche tropften wohl auf Kiras Kopf.

„Lieber Gott! Lieber Gott! Was hast Du mit meiner Kira gemacht?“, dachte ich vor mich hin, während ich ihren Kopf fest an mich drückte.

In diesem Moment machte ich die Augen auf. Ich war plötzlich hellwach. Mein Puls raste und ich schnappte nach Luft. Ich hatte einen Traum. Im Traum lebte Kira noch, allerdings hatte sie Krebs und litt an Gedächtnisschwund.

Zunächst versuchte ich wieder einzuschlafen, aber es gelang mir nicht. So ein merkwürdiger Traum. Vielleicht wollte mir der Traum etwas sagen? Ich überlegte …

Ich habe mich oft gefragt, warum mir Gott meine Frau und meinen ungeborenen Sohn genommen hat. War das vielleicht die Antwort? Vielleicht wollte uns Gott ein

Schicksal ersparen, das noch grausamer war, als der Tod bei einer Flugzeugkollision? Was wäre unsere Zukunft gewesen, wenn Kira nicht gestorben wäre. Vielleicht wäre diese lebensfrohe Frau, dieser blinde Sonnenschein voller Energie, zu einer hilflosen Frau ohne Gedächtnis verkommen, psychisch und physisch aufgefressen von einer unheilbaren Krankheit, die nur langsam den Tod gebracht hätte. Vielleicht war es Gottes Wunsch, uns ein Schicksal zu ersparen, das wir nur schwer ertragen hätten können. Ich weiß es nicht, aber es könnte sein, dass dieser Traum die Antwort auf meine bohrenden Fragen an Gott war.

Es dauerte einige Zeit, bis mir das klar wurde, bis ich wieder Fuß fassen konnte, in meinem Beruf, in meinem Umfeld. Ich hatte viele Freunde und Bekannte, die mir dabei halfen.

Kapitel 20

Blues Brothers und Cyberstars.

Mittlerweile waren mehr als zwei Jahre vergangen und ich war wieder voll in meinem Beruf tätig. Peter Morusch war noch immer die graue Eminenz. Lisede war eines der vielen Unternehmen im Konzern, wahrscheinlich das wichtigste, jedenfalls aber das größte und erfolgreichste. Weltweit gab es dutzende Firmen und hunderte Niederlassungen des Konzerns. Ich war in mehreren Firmen als Chief Executive Officer tätig und trug damit auch viel Verantwortung. Peter hatte vollstes Vertrauen in mich, und ich war wohl so etwas, was man als *„die rechte Hand“* bezeichnete. Ich hatte Einblick in die Geschäftsgebahrung, in die Entwicklungs- und Forschungseinheiten, in die Patente. Neben mir gab es nur einige wenige, die dasselbe Vertrauen von Peter genossen. Dazu zählten Tamara Norten, Pavel Radoslan, Brian Smith und Ho Huang Sheng. Allesamt tolle Persönlichkeiten, gebildet und mit einem guten Hausverstand ausgestattet.

Lisede selbst hatte weltweit 34 Niederlassungen, jedoch kannte ich die wenigsten genauer. Ich sah meist die Zahlen – Produktivitätskennzahlen, Deckungsbeiträge, Forschungsausgaben und Entwicklungskosten, aber ich war selten direkt vor Ort. Meine Reisen beschränkten sich hauptsächlich auf Kontakte mit wichtigen, einflussreichen Geschäftsleuten, manchmal auch mit den Leitern der

Niederlassungen, aber nur ganz selten war ich direkt in den Forschungslabors und Entwicklungsstationen.

Eines Tages beschloss ich, diese Niederlassungen besser kennenzulernen. Zunächst die größeren, in Lima, in Los Angeles, in Stockholm und in Damaskus. Letztere nahm ich mir dann auch als erstes vor. Ich war noch nie in Syrien, und ich war sehr neugierig auf dieses Land, auf die Menschen und die Besonderheiten dieser Region.

Ich ließ von unserer Travel Agency ein Ticket nach Damaskus buchen, um dort den Leiter, Mr. Robert Nesta, zu treffen. Ich kannte Nesta von einigen unserer Meetings und er machte auf mich einen sehr guten, sehr dynamischen Eindruck. Er führte die Niederlassung in Damaskus sehr umsichtig, lieferte immer gute Ergebnisse, was in seinem Fall vor allem wichtige Testergebnisse unserer Subkutan-Forschung waren. Diese Sparte forschte vor allem an der optimalen Einpflanzung von Microchips unter die menschliche Haut. Das Gebiet der Subkutan-Forschung war überaus komplex, aber es war eines unserer wichtigsten Forschungsgebiete. Vielfach reagierten die menschlichen Abwehrmechanismen negativ auf unsere Microchips, wobei die Gründe sehr unterschiedlich und längst noch nicht zur Genüge erforscht waren. Die Forschung beschränkte sich aber nicht nur auf die Entdeckung der unterschiedlichen Abwehrmechanismen, sondern auch auf die Entwicklung von Medikamenten, die zu einer besseren Verträglichkeit dieser Microchips führten.

Ich flog also von Vancouver nach Damaskus. Der Flug war sehr angenehm, ich konnte sogar etwas schlafen. Nach etwas mehr als fünf Stunden erreichten wir Damaskus. Beim Auschecken musste ich jedoch feststellen, dass noch kein Transfer in die Lisede-Niederlassung in Damaskus geplant war. Nach einem kurzen Check mit unserem Travel Agent wurde mir mitgeteilt, dass ein Fehler passiert sei und meine Ankunft erst für einen Tag später erwartet wurde. Zunächst war ich etwas erzürnt, aber dann dachte ich mir, dass ich den Abend einmal ungestört und ohne Termindruck in einer großen Stadt wie Damaskus verbringen könnte. Ich sagte meiner Travel Agency, dass sie keine weiteren Schritte unternehmen, sondern nur mein Hotel in Karup, dem Nobelviertel von Damaskus, verständigen sollten, dass ich einen Tag früher kommen würde. Aber erst am späten Abend.

Es war vier Uhr nachmittags und ich plante, den Abend irgendwo in Damaskus zu verbringen und dann ein Taxi zum Hotel in Karup zu nehmen. Ich verließ den Flughafen, der ungefähr 25 Kilometer außerhalb von Damaskus liegt, und ging zu einem Taxistand.

„Wohin soll es gehen?“, fragte mich der Fahrer.

„Kennen Sie Lisede Research?“, fragte ich.

Der Fahrer nickte und fuhr sogleich los. Er nahm an, dass ich dorthin wollte.

„Nein, nein", sagte ich. „Nicht zu Lisede Research. Bringen Sie mich bitte dorthin, wo die Arbeiter von Lisede ihren Abend verbringen."

„Warum wollen Sie dorthin?", fragte mich der Taxifahrer. „Viele sind in den Pubs im Hell's Country, einem kleinen, alten und heruntergekommenen Bezirk im Osten von Damaskus. Da gibt es angenehmere Plätze, wo Sie sich verwöhnen lassen können."

„Nein, bringen Sie mich bitte dorthin", sagte ich. Der Fahrer schüttelte ungläubig den Kopf und fuhr los.

Ich war neugierig, zu sehen, wo die Angestellten unserer Firma ihren Abend verbrachten, wo sie sich vom Berufsleben erholten. Ich wollte niemanden kennenlernen, aber wenn ich schon einmal in Damaskus war, wollte ich nicht nur das feine Hotel im Nobelviertel Karup sehen.

Wir fuhren ungefähr vierzig Minuten. Zunächst ging es auf der Autobahn vom Flughafen ins Zentrum und von dort in das Hell's Country. Der Name war ja nicht gerade einladend, aber ich wurde immer neugieriger. Immerhin kannte ich ja auch den Devils Corner in den Slums von Kairo, also sollte mich dieser ominöse Bezirk von Damaskus wohl nicht erschrecken können. Und so war es auch. Das Hell's Country war zwar nicht die feinste Gegend, aber im Vergleich zum Devils Corner war es richtig schön. Es gab breite, gute Straßen, es gab Pubs und viele Straßenhändler, die scheinbar alles zu Geld machen konnten.

Ich stieg aus dem Taxi und schlenderte ein halbe Stunde umher, ehe ich beschloss, in ein kleines Pub zu gehen. Drinnen war es etwas finster, aber nicht wirklich unangenehm. Ich fühlte mich nicht unwohl, obwohl ich zugeben muss, dass ich schon lange nicht mehr in solchen Lokalitäten war. Ich ging zur Bar und setzte mich auf einen Hocker. Auch in Syrien, einem islamischen Land, war es ganz normal, dass man sich ein Bier oder sonstige alkoholischen Getränke bestellte. Das Alkoholverbot, wie es der Islam kennt, war zwischenzeitlich ziemlich aufgeweicht. Oder eigentlich muss man sagen, dass man gerade hier, in der Millionenstadt Damaskus, dem Alkohol und sonstigen Freuden des Lebens ganz und gar nicht abgeneigt war. Damaskus war eine faszinierende und wunderschöne Stadt, vielleicht eine der schönsten Städte der Welt. Angeblich hat der Prophet Mohammed einmal gesagt, er wollte niemals nach Damaskus reisen, da er das Paradies nur einmal betreten mochte. Eines der schönsten Komplimente, das man einer Stadt machen kann.

Ich saß also an der Bar und bestellte ein Bier. Ich war neugierig, welche Menschen sich hier wohl aufhielten und worüber sie sich unterhielten. Ich beobachtete die Menschen um mich herum und fragte mich immer wieder, ob der eine oder andere in diesem Lokal ein Mitarbeiter von Lisede sein würde. Vielleicht würde mich ja auch jemand erkennen, obwohl ich eher leger gekleidet war.

Plötzlich setzte sich ein Mann neben mich. Er wirkte gepflegt und bestellte sich ein MedCoke. Er hatte ein helles Shirt und eine kurze Hose an. Am Kopf trug er eine alte Mütze, die ihn wohl noch etwas älter machte, als er war. Ich schätzte ihn auf 55 bis 60 Jahre. Er saß vielleicht fünf Minuten neben mir, ehe er mich ansprach.

„Ich habe Sie hier noch nie gesehen. Sie kommen nicht aus Syrien, richtig?“, fragte er.

„Nein, ich komme nicht aus Syrien“, antwortete ich.

„Ich nehme an, Sie gehören zu den Neuen“, sagte er.

„Zu den Neuen?“

„Ja, zum neuen Junk. Gehören Sie zu den Blues Brothers oder zu den Cyberstars?“, fragte er weiter.

„Entschuldigung, nein, ich gehöre nicht zu den Neuen. Was meinen Sie damit?“, fragte ich verwundert.

„Nein? Nicht zu den Neuen? Sorry, ich bin wohl schon zu lange in dieser Gegend und nicht jeder Fremde gehört zum neuen Lisede-Junk“, sagte der Mann weiter.

Was musste ich da hören? Lisede-Junk? Junk, heißt ja so viel wie Mist oder Müll. Und das in Zusammenhang mit unserer Firma, dem bekannten Forschungsunternehmen Lisede? Ich wurde stutzig und bekam eine ernste Miene.

„Darf ich fragen, was Sie mit Lisede-Junk meinen?“, fragte ich, und mein Herz pochte schneller.

„Ich sehe, Sie sind kein neues Futter“, lachte der Mann. „Mit Lisede-Junk meinen wir die Neuen, die kommen, um bei Lisede zu arbeiten“, sagte der Mann und musste über diese Antwort selbst kurz laut lachen. „Arbeiten, ja, das ist gut“, sagte er nochmals zu sich selbst, während er seinen Kopf leicht neigte und seinen Blick schmunzelnd abwandte.

„Aha, ich verstehe. Es handelt sich um neue Mitarbeiter bei Lisede Research“, sagte ich, so als wollte ich Lisede verteidigen.

„Wissen Sie, junger Mann“, sagte er belehrend zu mir, „nicht alles ist so, wie es scheint.“

Und dann begann er zu erzählen und ich versank wieder einmal in einem Loch. Ich kam schon wieder an einen Punkt, wo ich zu zweifeln begann. An mir. An Gott.

Der Mann erzählte mir von Lisede und wusste nicht, dass ich der Leiter dieses weltweiten Unternehmens war. Er erzählte mir, was die Neuen wären – Männer und Frauen, Erwachsene und manchmal auch ihre Kinder, aus den Slums von Syrien, aber auch aus dem ganzen Nahen Osten, die auf der Suche nach einem besseren Leben waren. Oder anders gesagt, nach etwas Geld, das sie für einen Neustart verdienen wollten. Und dafür war Lisede eine der Top-Adressen. Für nur wenige Monate konnte man genügend Geld verdienen, um sich beispielsweise in Syrien, in der Türkei oder im Irak ein neues Leben aufzubauen. Man brauchte nur zu unterschreiben und sich ganz in den Dienst der Firma zu stellen. Aber was hieß das? Ich wusste es nicht, aber ich durfte die ganze Wahrheit an diesem Abend erfahren. Die ganze schreckliche Wahrheit, die mein Lebensgerüst, meinen festen Glauben an das Gute, zerbrechen ließ.

Lisede, so erzählte mir der Mann, wäre nach außen hin ein gutes, zukunftsorientiertes Unternehmen, tätig in Forschung und Entwicklung, weltweit führend in der Subkutan-Forschung, im Einpflanzen von Mikrochips unter die Haut. Das funktionierte bereits über Jahre äußerst erfolgreich und – es brachte den Eigentümern auch sehr viel Geld. Der Mann erzählte weiter und ich musste feststellen, dass ich nur die schönen Seiten von Lisede kannte. Vielleicht hätte ich mich mehr um die Details kümmern sollen, vielleicht hätte ich mehr hinterfragen sollen? Vielleicht hätte ich unsere Niederlassungen regelmäßiger besuchen oder öfter mit den Revisionen und Kontrollinstanzen kommunizieren sollen.

Lisede benötigte für die Forschung viele Menschen, die sich bereit erklärten, ihre Gesundheit für Geld zu verkaufen. Diese Menschen waren sozusagen Versuchspersonen, an denen die Forschungsergebnisse ausprobiert wurden. Es gab zwei Arten von Versuchspersonen: Die Blues Brothers und die Cyberstars. Die Blues Brothers waren jene Versuchspersonen, die sich für die psychischen Tests zur Verfügung gestellt hatten. Dabei wurden diverse Medikamente in Zusammenhang mit der Abstoßung der Subkutanchips getestet. Meist waren es Psychopharmaka, die die unterschiedlichsten Auswirkungen hatten und eben an diesen Personen getestet wurden. Die Testpersonen hatten manchmal Glück und die psychischen Reaktionen waren gering oder hielten nur kurz an. Die meisten Testpersonen zeigten aber bei und nach den Versuchen psychische Veränderungen. Im besten Fall waren es Verwirrtheit und Vergesslichkeit, meistens waren es aber enorme und anhaltende Angstzustände, die oftmals ein ganzes Leben lang andauerten und zu Selbstmord führten. Trotzdem gab es viele Menschen, die in den ärmsten Gegenden der Region lebten und sich in der Hoffnung, dass sie vielleicht keinen Schaden davontragen würden, zu Tests meldeten. Diese Gruppe hieß also Blues Brothers, in Anlehnung an den Zustand von leichter Depression, den man oftmals auch Blues nannte.

Die Cyberstars hingegen waren Testpersonen, die sich zu Versuchszwecken direkt unter der Haut die Mikrochips einpflanzen ließen. Damit wurde erprobt, an welchen Stellen der Körper die wenigsten Abwehrreaktionen zeigte, an welchen Stellen die kleinen Wunden am besten verheilten, an welchen Stellen die Mikrochips am raschesten ihre Wirkung erzielten, oder es waren ganz komplexe Tests, wie die mehrfache Einpflanzung der Chips bei einer einzigen Testperson. Diese Gruppe hieß also Cyberstars, es waren die Stars der Lisede-Labors. Stars, die mit viel Glück keinen Schaden davontrugen, mit etwas Pech jedoch auch jämmerlich zugrunde gehen konnten.

Offenbar war diese Art von Menschenversuchen in der Region nichts Neues, wahrscheinlich wussten viele davon.

Ich wusste nichts davon. Nein, ich wusste sicher nichts davon.

Ich saß mit bleichem Gesicht neben diesem Mann, der mir in ausführlichen Worten beschrieb, was in den Testlabors vor sich ging. Dieser Mann zeigte mir die Wahrheit von ihrer schrecklichsten Seite und ich war oftmals knapp davor zu weinen. Oder einfach aufzustehen und auf die Straße zu laufen. Zu warten, bis mich ein Auto niederführte und ich im Hotelzimmer aus diesem Albtraum aufwachte. Aber es war kein Traum. Es war schreckliche Wirklichkeit. Lisede, dessen Chief Executive ich war und der so viel Geld mit diesem Unternehmen machte, war also tief versunken in den Ungeheuerlichkeiten von Tests an Menschen. Oder nennen wir es beim Namen: Versunken in den grausamen Niederungen von Menschenversuchen. Und das im 21. Jahrhundert!

Plötzlich musste ich sogar an all die schlimmen, menschenverachtenden Versuche in den Konzentrationslagern des Dritten Reiches denken: Tötung durch Giftspritzen mitten ins Herz, Operationen und Amputationen ohne Narkose. Verätzungen, mutwillige Verstümmelungen. Unterkühlungsversuche, bei denen man Menschen nackt der winterlichen Kälte aussetzte, bis ihr Körper auf 28 Grad abgekühlt war, um zu sehen, welche Maßnahmen zur Körpererwärmung am besten wirkten. Angeblich brauchte man diese Versuche damals, um vom Feind abgeschossene Kampfflieger, die in das kalte Meer gestürzt waren, bestmöglich retten zu können.

Und jetzt war ich, der ich doch immer an das Gute glaubte, der immer wieder an den guten Gott zu glauben wagte, trotz aller Schicksalsschläge – ich war jetzt unwissentlich und ungewollt zum Täter geworden. Unter meiner Führung war es offenbar möglich, dass Menschen ein grausames Schicksal erlitten, dass die Not von Menschen für die Profite des Unternehmens, ja letztlich für meine Erfolgsprämien, ausgenützt wurde.

Das Blut schoss mir in den Kopf und es fiel mir schwer, ruhig zu bleiben und diesem Mann zuzuhören.

Ich fragte immer wieder nach und der Mann wusste alle Details. Dass die Menschen oft mit ihren Familien, mit ihren Eltern, mit ihren Kindern kommen würden, dass sich Eltern für ihre Kinder opferten und nach den Versuchen mit etwas Geld in der Tasche dastanden, jedoch aufgrund der psychischen Angstzustände kein normales Leben mit ihren Kindern mehr führen konnten. Ja, es kam sogar vor, dass sich nach den Versuchen Eltern und Kinder nicht mehr wiedererkannten, es kam zu grausamen Verstümmelungen und Amputationen, Hautausschlägen, Dauerblutungen, Herzkrankheiten und Knochenschwund. Es war wie eine Lotterie. Dreißig Prozent der Versuchspersonen kamen ohne Schaden davon, weitere vierzig Prozent erlitten Schäden, die das Leben mehr oder weniger stark beeinträchtigten, und die restlichen dreißig Prozent erlitten so schwere psychische oder physische Verletzungen, dass sie im Laufe der folgenden drei Jahre verstarben. Lisede übernahm offenbar keine Verantwortung für diese Menschen. Profit war alles. Gier triumphierte über Menschenrechte. Und das alles unter meiner Führung? Wieso wusste ich nichts davon? Waren vielleicht die Konzernvorgaben, die Gewinnvorgaben, die wir von Vancouver aus unseren Konzerneinheiten gaben, zu streng? Trieben wir vielleicht gar unsere Mitarbeiter in die Situation, ein solches Schattenunternehmen mit Menschenversuchen aufzubauen?

Ich fühlte mich jedenfalls schuldig – an den psychischen Verletzungen und physischen Verstümmelungen der Versuchspersonen und am Tod von Menschen.

Der Mann erzählte mir auch über die Rekrutierung dieser Versuchspersonen. In vielen Fällen handelte es sich um Mütter, die ihren Kindern in den Slums von Beirut, Ankara, Amman, Alexandria, aber auch aus meiner Geburtsstadt Kairo, kein anständiges Leben bieten konnten. Diese Mütter sahen es als ihre letzte Chance, mit den Kindern nach Damaskus zu Lisede Research zu kommen. Die Reise wurde bezahlt, allerdings mussten sich alle den Versuchsanordnungen unterwerfen. Sie waren mindestens acht Wochen, oft aber auch bis zu einem Jahr und länger im Forschungslabor, das etwas außerhalb von Damaskus lag, und wurden dort fast wie in einer Kaserne gehalten. Sie bekamen Wohngelegenheiten in großen Wohntrakten und Nahrung. Sie waren zum Nichtstun verdammt, zum Warten auf die selten positiven, meist negativen Folgen der Medikamente oder der subkutanen Mikrochips. Die Blues Brothers, also jene Versuchspersonen, die mit Psychopharmaka vollgestopft wurden, waren in einer eigenen Einheit untergebracht.

Der Grund lag darin, dass gerade bei dieser Gruppe unnatürliche und grausam anmutende Gestalten herumwanderten und nachts oftmals fürchterliche Schreie zu hören waren.

Nach einer Stunde des Erzählens wurde der Mann müde und es trat eine Stille ein. Ich wagte kaum noch, etwas zu fragen, da ich Angst hatte, noch mehr Schlimmes zu erfahren. Alles wofür ich gearbeitet hatte, mein Aufstieg, mein Reichtum, war auf dem Fundament von Menschenversuchen aufgebaut worden. An meinem Reichtum klebte Blut, viel Blut. Sehr viel Blut. Und Angst. Viel Angst. Sehr viel Angst.

Dann kam mir ein rettender Gedanke. Musste ich das alles glauben, was mir dieser alte Mann da erzählte? Vielleicht hat er es selbst von jemandem gehört, der es wiederum von einem anderen gehört hatte.

„Wie kommt es, dass Sie so genau über die Vorgänge bei Lisede Bescheid wissen?“, fragte ich den Mann.

Der Mann sah mich mit versteinerter Miene an und sagte dann in einem ruhigen Tonfall: „Ich lebte einmal in den Slums von Beirut, gemeinsam mit meiner Frau und drei Töchtern. Ich entschloss mich, mit meiner Familie ein besseres Leben zu beginnen, und wir stießen auf die Möglichkeit, bei Lisede als Versuchspersonen zu arbeiten. Meine Frau und ich meldeten uns zu den Blues Brothers, unsere Töchter meldeten wir für die Cyberstars.“

Dann begann der Mann leise zu werden. Seine Stimme brach ein.

„Meine Frau wurde vollgepumpt mit Medikamenten, die einen in einen furchtbaren Angstzustand versetzten. Sie verlor fast den Verstand und hatte andauernd das Gefühl, dass jedes Gramm Körper, jeder Muskel und jede Sehne, dass alles mit Angst vollgepumpt war. Das Ziel war, dass sie kurz darauf verschiedene Gegenmittel verabreicht bekommen würde und somit die Wirkung dieser Mittel erprobt würden. Allerdings dauerte es fast zwei Wochen, bis eines der Gegenmittel wirkte. Meine Frau wurde wahnsinnig. Sie konnte nach diesem Martyrium kein vernünftiges Gespräch mehr führen, geschweige denn ein echtes Leben genießen. Vor einem Jahr hat sie ihrer Qual ein Ende gesetzt, sie stürzte sich von einer Brücke in den Tod."

Ich konnte nicht mehr zuhören und diesem Mann ins Gesicht sehen. Ich konnte nicht glauben, was da in meinem Unternehmen scheinbar vor sich ging. Ich überlegte kurz, wer davon wohl gewusst haben konnte. Peter Morusch? Wusste er von alledem? Ich sollte es noch herausfinden.

„Was geschah mit Ihren Töchtern?", wollte ich weiter wissen.

Der Mann begann zu weinen. Nicht laut. Nicht heftig. Aber ich sah, dass sich ein paar Tränen einen Weg über seine Wangen hin zum Mund suchten, ehe sie auf den modrigen Bartisch tropften.

„Meine Töchter sind alle umgekommen. Keine von ihnen hat überlebt. Lisede tat es leid, aber es war unser Risiko. Wir wussten davon, aber wir glaubten immer an ein besseres Leben nach dem Aufenthalt bei Lisede. Es sollte nicht so kommen. Alle drei sind umgekommen. Meine älteste Tochter war fünfzehn Jahre, die jüngste war erst sechs Jahre."

Ich schüttelte verzweifelt den Kopf und schluckte mehrmals. Ich biss mir auf die Lippen und merkte zunächst gar nicht, wie stark meine Lippen und mein Unterkiefer zu zittern begannen.

„Glauben Sie an einen Gott?", fragte mich dann der Mann.

Ich zögerte mit einer Antwort.

„Glauben Sie an einen Gott?", fragte mich der Mann nochmals, diesmal etwas bestimmter und mit einer starken Betonung des Wortes *„Gott"*.

„Ja … Nein … Ich weiß nicht", sagte ich.

„Ich hatte nur meine Familie. Wir wuchsen in den Slums von Beirut auf. Zwei unserer Kinder starben nach wenigen Jahren. Meine Frau und meine Töchter waren alles, was ich hatte. Und das ist mehr als Sie sich vorstellen können. Eine echte, große Familie. Und Gott hat sie mir genommen. War es Gott, der sie mir genommen hat? Wie viel Leid kann ein Mensch ertragen?

Manchmal versuche ich zu glauben. Zu glauben an einen guten Gott. Manchmal gelingt es mir, oft verzweifle ich jedoch dabei. Wenn es einen Gott gibt, dann wird er mir meine Zweifel verzeihen.“

Ich war erschrocken über diese Worte. „Ich glaube, es gibt einen Gott. Und er ist hier. Heute und jetzt“, sagte ich mit leiser Stimme, aber ich war auch nicht ganz überzeugt von dem, was ich sagte.

„Und er versteht unsere Zweifel“, sagte ich nach ein paar Augenblicken zu mir selbst.

Mittlerweile war es spät und ich hatte einen schweren Tag vor mir. Einen Tag, an dem ich Antworten suchen und finden sollte.

Ich bedankte mich bei dem Mann, der mir so viel erzählt hatte. Der mir die Augen geöffnet hatte, der mir eine Wahrheit erzählt hatte, die ich nicht hören wollte, aber hören musste. Ich verabschiedete mich von ihm und ging zum Ausgang. Dort drehte ich mich nochmals um. Ich wollte den Mann fragen, womit er heute sein Geld verdiene. Aber der Mann war plötzlich verschwunden, ich sah nur einen leeren Barhocker.

Kapitel 21

Man sagt immer: Die Wahrheit ist zumutbar.
Nein. Nicht immer.

„Ja, natürlich, Mr. Altmann. Wir führen Sie selbstverständlich gerne durch die Labors und die Wohnsiedlung. Wir können den Firmenbus nehmen und brauchen ungefähr 45 Minuten dorthin.“

Ich traf gleich am nächsten Morgen die Firmenleitung und verschob alle Termine, die ich ursprünglich vereinbart hatte. Wir wollten mit einem strategisch wichtigen Abnehmer Verhandlungen führen und dann die Finanzsituation von Lisede Research Syria durchgehen. Aber ich sprach gleich am Morgen die Firmenleitung vor Ort auf die Versuchslabors an. Sie waren zuerst etwas verwirrt, da sie nicht wussten, wie viel ich als Konzernchef wusste oder wissen sollte. Aber sie taten jedenfalls so, als ob das alles bekannt wäre, auch in unserer Zentrale in Vancouver. Als ob das nichts Schreckliches wäre. Immerhin lief das ja schon mehrere Jahre so. Blues Brothers und Cyberstars. Es waren Begriffe, die nur von den Versuchspersonen verwendet wurden. Bei der Firmenleitung wurde das Versuchslabor Medical Research Center genannt und die Menschenversuche liefen unter dem Forschungsprogramm *„LIFE4EVER“*. Ein geradezu perverser Name für das, was da vor sich ging.

„Mr. Altmann, wir haben natürlich strengste Sicherheitsmaßnahmen an sämtlichen Eingängen zum Research Center. Kein Unbefugter kommt hier rein. Wir werden Ihnen selbstverständlich alles zeigen.“

Ich fragte mich immer wieder, ob Peter Morusch in diesen Sumpf verwickelt war, ob er das angeordnet hatte oder ob er vielleicht – wie ich – gar nicht wusste, was hier vor sich ging. Ich wollte es mit ihm persönlich besprechen. Später. Wenn ich alles gesehen hätte.

Wir kamen zu einem gut bewachten Tor. Wir wurden sofort durchgeleitet, offenbar wusste man schon über den Besuch Bescheid. Das Ganze sah wie eine Kaserne aus. Und tatsächlich sagte man mir, dass das Areal Anfang des 21. Jahrhunderts einmal eine Militärbasis war. Längst aufgelassen und vor wenigen Jahren von Lisede übernommen.

„Wir fahren Sie zum Leiter des Research Centers und zeigen Ihnen die Forschungsbüros.“

„Nein“, sagte ich spontan. „Fahren Sie mich bitte zu den Cyberstars.“

Meine Begleitpersonen schmunzelten wissend. Cyberstars. Dieser Begriff wurde von ihnen nicht verwendet, aber sie kannten ihn gut.

„Selbstverständlich, Mr. Altmann. Wir fahren sie zur Medical Group 3.“ So wurden also die Cyberstars genannt. Medical Group 3. Zynisch. Sehr zynisch. So als ob die Menschenversuche etwas mit Medizin, mit Forschung, mit Heilung von Krankheiten zu tun hätten.

Wir betraten ein längliches Gebäude und man erkannte, dass es sich einmal um eine Kaserne gehandelt haben musste. Ein zweistöckiges lang gezogenes Gebäude mit einem Haupteingang, der ebenfalls bewacht wurde. Beim Eingang musste man sich ausweisen, was aber für uns natürlich nicht galt. Das Gebäude hatte innen einen langen Gang und links und rechts war eine Tür nach der anderen.

„Was möchten Sie sehen, Mr. Altmann?“

„Ich möchte die Personen sehen, die Sie für - die *wir* für die … für die Versuche verwenden“, sagte ich.

Meine Begleiter wurden etwas nervös. „Ja, selbstverständlich zeigen wir Ihnen die Personen der Medical Group 3“, versuchte einer ganz sachlich zu antworten.

Wir gingen in den ersten Stock des Gebäudes und betraten dort ein leeres Zimmer. Das Zimmer war aufgeräumt und es waren zwei Betten darin. Jedes Bett hatte an der Fußseite einen Schrank und ein kleines Kästchen. In der Mitte des Zimmers stand ein Tisch mit vier Stühlen. Das Zimmer sah sehr ordentlich aus.

„Die Testpersonen der Medical Group leben in Zweibettzimmern und sind im Durchschnitt acht Monate bei uns“, sagte mein Begleiter zu meiner Rechten. „Sie sind vormittags in den Labors, bei den medizinischen Tests oder bei den Kontrollen. Nachmittags sind die meisten in ihren Zimmern oder unten im freien Gelände."

Ich blieb im Zimmer stehen und immer wieder kam mir der Gedanke, warum das alles an mir vorbeigegangen war. Warum ich niemals hinterfragt hatte, was in den Lisede-Werken außerhalb Amerikas eigentlich vorging. Wie würde das in den anderen Werken sein? Gab es da ähnlich schreckliche Versuche? Wusste Peter Morusch von all dem?

Ich ging zum Fenster und sah hinaus. Für jemanden, der aus den Slums kommt, mag das hier wirklich paradiesisch sein. Aber die ganzen Versuche? Das Risiko, dauerhaft, für den Rest des Lebens, ein Krüppel oder ein psychisches Wrack zu sein? Wie schlecht musste es den Menschen gehen, um hierher zu kommen, freiwillig, und sich den Torturen auszusetzen? Nun, ich musste es ja wissen. Ich war damals ja auch mit einem ganz gehörigen Risiko aus Kairo geflüchtet. Mit Drogen im Blut. Nach Prag. Mein Risiko im Straflager auf Mauritius zu landen war ja auch nicht gerade gering.

Mein Blick streifte durch das Zimmer. Die Betten waren ordentlich gemacht. Die Stühle waren am Tisch, sogar eine Blumenvase mit einigen verdorrten Blumen – oder vielleicht waren es nur irgendwelche Sträucher – stand auf dem Tisch. Auf dem einen Kästchen neben dem Bett war ein kleiner elektronischer Wecker und ein Buch. Auf dem anderen Kästchen lag ebenfalls ein Buch. Neben einer Leselampe stand auch ein gerahmtes Bild.

Ich seufzte, drehte mich um und wollte gehen. Ich hielt kurz inne. Ich ließ meinen Blick nochmals über das Kästchen streichen, auf dem das Bild stand. Ich war kurz verwundert und nahm das Bild in die Hand. Es zeigte eine Frau mit einem kleinen Mädchen an der Hand.

Mein Puls begann schneller zu werden. Ich drehte das Bild um. Vielleicht war auf der Rückseite auch etwas. Aber nein. Nur das Bild mit den zwei Personen, von denen mir eine ganz vertraut vorkam.

Ich stand mitten im Zimmer mit dem Bild in der Hand. Ich drehte es mehrmals um. Ich wollte etwas finden. Vielleicht einen Anhaltspunkt, eine Notiz oder eine Information auf dem Bild. Meine Begleiter verstanden die Situation nicht. „Ist alles in Ordnung, Mr. Altmann?“, fragte mich einer. Ich ignorierte seine Frage. Meine Gedanken konzentrierten sich auf das Bild, auf die beiden Personen auf diesem Bild.

Ich atmete tief durch, setzte mich nieder und starrte auf das Bild. Es war lange her, aber ich habe sie nicht vergessen. Ja, auf dem Bild war Yanaia, meine geliebte Schwester zu sehen. Mit einem kleinen Mädchen an der Hand, das ich nicht kannte.

Mein Atem wurde schneller. Yanaia, meine Vergangenheit im Devils Corner. In den Slums von Kairo. Ich musste sie damals zurücklassen und habe sie trotz intensiver Suche nicht mehr gefunden. Und jetzt. Ein Bild von ihr.

„Wessen Zimmer ist das?“, fragte ich und versuchte mich gelassen zu geben, obwohl mir das in diesem Moment sicher nicht gut gelang.

„Jori Pascal, eine junge Frau, die aus Ägypten zu uns kam.“

„Aus Ägypten?“, fragte ich.

„Ja, aus Kairo. Sie ist schon über ein Jahr hier und ist Proband in einer Langzeitstudie.“

„Bringen Sie Frau Pascal zu mir“, sagte ich mit lauter Stimme, so als ob ich zeigen wollte, dass man mir die Frau möglichst rasch bringen möge.

„Selbstverständlich, Mr. Altmann.“

Es vergingen nur wenige Minuten, die mir wie Stunden vorkamen. Wer war diese Jori Pascal. Ich hatte diesen Namen noch nie gehört. Wie alt ist diese Frau und woher hat sie das Bild von Yanaia, meiner Schwester? Was erwartete mich jetzt?

Ich stand am Fenster mit dem Foto in der Hand. Immer wieder blickte ich darauf und versuchte mehr zu erkennen, als das Bild eigentlich hergab. Plötzlich klopfte es an der offenen Tür.

„Mr. Altmann. Hier ist Jori Pascal.“

Vor mir stand eine hübsche, junge Frau. Sie hatte kräftige schwarze Haare, die ihr bis zu den Schultern reichten. Sie war vielleicht sechzehn oder siebzehn Jahre alt, schlank und verhältnismäßig gut gekleidet. Sie war sichtlich nervös. Man hat ihr wohl schon gesagt, wer ich sei. Als sie sah, dass ich das Bild in der Hand hatte, wurde sie offenbar noch nervöser.

„Frau Pascal?", fragte ich zögernd.

„Ja, Jori Pascal", sagte die junge Frau mit ihren großen braunen Augen, ängstlich und voller Erwartung, was jetzt kommen würde.

„Ich habe Ihr Bild gesehen. Kennen Sie die Personen auf diesem Bild?", fragte ich, wohl schon ahnend, dass mich die Auflösung eines wundersamen, grausamen Puzzles erwartete.

„Auf dem Bild ist meine Mutter. Und das kleine Mädchen bin ich", sagte die junge Frau, so als wäre es nichts Besonderes.

„Wo wurde das Bild aufgenommen?", fragte ich zitternd und ahnend.

„In Ägypten, in den Slums von Kairo", antwortete das Mädchen.

„Wie heißt Ihre Mutter?", kam es leise über meine Lippen.

„Yanaia Pascal."

Ich blickte zum Boden und biss die Lippen zusammen. Ich schloss die Augen, die immer feuchter wurden, bis mir aus dem rechten Auge eine dicke Träne über die Wange lief.

„Und wo ist Ihre Mutter?“, fragte ich, und ich befürchtete, dass ich jetzt wohl wieder ein Stück grausame Wahrheit erfahren würde.

„Sie ist tot. Sie ist erst vor Kurzem gestorben. Hier. Im Research Center“, sagte die junge Frau.

„Frau Yanaia Pascal nahm ebenfalls an den Tests teil, jedoch hat ihr Körper sehr problematisch auf die Chips reagiert. Wir konnten sie leider nicht retten“, sagte mir einer meiner Begleiter fast etwas entschuldigend, aber ganz offensichtlich ohne den Funken eines schlechten Gewissens.

Ich begann zu weinen. Zuerst versuchte ich mich unter Kontrolle zu halten. Doch dann wurde mein leises Weinen immer lauter. Meine Schwester Yanaia. Meine geliebte Schwester Yanaia. Sie war tot. Umgekommen in meinem eigenen Unternehmen. Bei den Menschenversuchen, die ich zu verantworten hatte. All diese Schicksalsschläge, die ich erlitten hatte – Monika in Prag, die Drogen, ihr Selbstmord, Kira und mein ungeborenes Kind, der Flugzeugabsturz – und jetzt diese grausame Wahrheit.

Gott. Du hast also immer davon gewusst. Warum konntest Du das zulassen?

Man sagt immer: Die Wahrheit ist zumutbar. Nein. Nicht immer. Nicht diese Wahrheit.

Meine Begleiter erschraken über meine Reaktion und waren von der Situation ebenso überfordert wie ich. Auch Jori Pascal stand da und wusste nicht, was das alles zu bedeuten hatte. Sie sah mich weinen und der Anstand gebot ihr wohl, mich zu fragen, ob sie mir helfen konnte.

„Kann ich etwas für Sie tun?“, fragte sie mich.

Ich schüttelte den Kopf.

Sie erkannte, dass ich mehr wusste über sie. „Wer sind Sie?“, fragte sie mich.

Was sollte ich ihr sagen? Dass ich der Konzernchef von Lisede wäre? Dass ich all das hier zu verantworten hätte? Dass ich viel Geld damit verdiente, dass es verzweifelte Menschen wie meine Schwester Yanaia gab, die sich den Menschenversuchen auslieferten und dabei sterben konnten?

„Ich bin …“, sagte ich mit leiser Stimme, „Ich bin Yanaias Bruder.“

„Der Bruder meiner Mutter? Also mein Onkel, von dem mir meine Mutter so viel erzählt hat?“, fragte sie und ihre Augen wurden größer.

Ich wusste nicht, was in so einer Situation das Richtige ist. Wahrscheinlich ist gar nichts richtig oder falsch. Es *„ist"* einfach. Die Situation überfordert. Ich streckte dem Mädchen meine Hand entgegen, die sie – wohl eher aus Höflichkeit, denn aus Zuneigung – ergriff.

Ich nickte. „Ja", sagte ich leise. „Ja, der bin ich."

Kapitel 22

Du nennst es betrügen. *Ich nenne es* leben.

„Bist du wirklich so naiv? Was meinst du, woher der unglaubliche Aufstieg kommt?“

„Das heißt, du wusstest es?“

„Ich habe nie etwas nur dem Zufall überlassen.“

„Du wusstest es!“

„Man kommt nur an die Spitze, wenn man Kontrolle hat. Über die Technik. Über die Forschung. Über die Menschen.“

„Du warst ein Vertrauter von mir! Du warst wie ein Vater für mich!“

„Du selbst hast mir damals, bei unserem ersten Treffen, eine Schallplatte geschenkt. *„Under My Thumb.“* Von den Rolling Stones. Du hast meine tiefe Einstellung genau getroffen.“

„Wie konnte ich dir nur so weit vertrauen?“

„Kannst du dich noch erinnern. Ich habe es dir doch öfters gesagt. *Das Schöne am Reichtum ist, dass man Menschen bezahlt, Arbeiten zu verrichten, die einem keinen Spaß machen.*

Dadurch kann ich mich mit Dingen beschäftigen, die ich gerne tue, die mich faszinieren."

„Aber du kannst doch nicht Menschen dafür bezahlen, dass sie sich Versuchen hingeben, die zu schweren Krankheiten oder zum Tod führen! Willentlich und wissentlich! Es ist die eine Sache, Menschen in einem Unternehmen zu beschäftigen, ihnen eine gute Atmosphäre zu bieten, sie gut zu behandeln und zu motivieren! Und eine andere, sie für Menschenversuche zu missbrauchen!"

„Was regst du dich auf? Du hast doch am meisten davon profitiert. Wo wärst du heute, wenn du nicht von mir so gefördert worden wärst? Irgendwo zwischen wenig und nichts."

„Ja, irgendwo dazwischen, aber mit einem reinen Gewissen und einem sauberen Herzen. Aber nicht mit Blut an den Händen. Kein Betrüger, kein Mörder."

„Du nennst es *betrügen*?"

„Und wie nennst *du* es?"

„Ich nenne es *leben*."

Mein Dialog mit Peter Morusch war sehr heftig. Er täuschte nichts vor, er war wirklich so. Er fand nichts Verwerfliches daran, Menschen derartigen Versuchen auszusetzen. Natürlich hat er es gewusst, was in Syrien und auch in anderen Lisede-Konzerneinheiten vor sich ging. Natürlich wusste er, dass ich das nicht mittragen würde, und hat mich deshalb immer wieder von dieser Wahrheit abgeschirmt. Er hat mir die schöne, heile Welt vorgetäuscht und mir nichts von den Tests an Menschen erzählt. Ja, ich war wohl naiv. Ich hätte schon viel früher und viel öfter unter die heile Lisede-Oberfläche blicken müssen. Nicht nur mit den lokalen Chefs in den besten Restaurants essen gehen, sondern auch in die letzten Ecken unseres Konzerns blicken müssen.

Ich bin – ohne es jemals gewollt zu haben – zum Verantwortlichen geworden. Ich trug die Verantwortung für das, was da mit den Menschen gemacht wurde.

Was würden meine Eltern dazu sagen? Was würde meine Schwester Yanaia, was würde Monika dazu sagen? Und was würden Kira und mein Sohn dazu sagen? Und was denkt Jori, meine Nichte, darüber?

Und was denkt Gott darüber? Habe ich, der ich viel Wohlstand auf dem Leid von vielen Menschen aufgebaut habe, überhaupt noch eine Chance, in das Reich Gottes zu gelangen? Kann mir Gott das verzeihen? Meine Selbstzweifel wurden immer größer.

Ich führte mein Gespräch mit Peter Morusch am Telefon. Das Gespräch dauerte ungefähr eine halbe Stunde. Peter blieb gelassen. Das entsprach genau seinem Naturell. Er kontrollierte alles und jeden. Keine echten Gefühle. Nur dort, wo sie zu seinem Erfolg beitrugen.

Kapitel 23

Greif nach dem Unmöglichen
und du wirst das Mögliche erreichen.

Jori erzählte mir ausführlich über ihr Leben, und ich wollte jedes Detail wissen. Ich wollte wissen, was aus meiner Familie, was aus meinen Geschwistern geworden war. Wie meine Schwester Yanaia gelebt hat. Und wie Jori zu ihrem Namen Pascal kam.

Kurz nachdem ich den Devils Corner verlassen hatte, wurde Yanaia schwanger und heiratete einen jungen Mann, mit dem sie sich eine große Familie wünschte. Der junge Mann, ebenfalls aus dem Devils Corner, hieß Janus Pascal. Yanaia nahm seinen Namen an, Jori bekam dann ebenfalls bei ihrer Geburt den Familiennamen Pascal. Als Jori einige Wochen alt war, verließ Janus seine Familie. Yanaia erzählte ihrer Tochter Jori nur ganz selten von ihrem Vater. Er sei dem allen nicht gewachsen gewesen und habe sich vor der Verantwortung gedrückt.

Als Jori acht Monate alt war, vernichtete eine große Überschwemmung den Devils Corner. Tausende Menschen kamen damals ums Leben. Darunter waren auch meine Geschwister. Yanaia und Jori überlebten als einzige die Überschwemmung. Sie waren in diesen Tagen bei einem Bekannten in einem anderen Abschnitt der Slums von Kairo. Als Yanaia mit ihrer kleinen Tochter in den Devils Corner zurückkam, fand sie nichts mehr. Das Haus und das Wenige, das sie besaß, war vernichtet worden. Ihre Vergangenheit wurde quasi ausgelöscht. Keine materielle Erinnerung mehr an die Zeit im Devils Corner. Nur zwei Menschen – Yanaia und Jori. Das war auch der Grund warum ich – trotz intensiver Suche nach meiner Familie – niemanden gefunden hatte. Ich selbst war einmal dort und ließ Beamte aus Kairo nach meinen Verwandten suchen. Ich wollte jemanden aus meiner Familie finden und ihm ein anständiges Leben in Kanada ermöglichen. Aber die Beamten wurden nicht fündig, sondern versicherten mir immer wieder, dass alle meine Familienmitglieder bei den großen Überschwemmungen ums Leben gekommen waren. In Wahrheit wusste man nicht, wie viele Menschen, wer genau ums Leben gekommen war. In den Slums von Kairo ist man kein besonders wertvoller Mensch, sondern nur ein Punkt in der Welt, ein unbedeutendes Etwas.

Yanaia verdiente sich ihr Geld in einer anderen Region der Slums. Sie sammelte Müll, trennte Müll, sortierte Nägel, Holz, Schrauben und anderes Nützliches und verkaufte es an die Händler. Das brachte gerade einmal so viel Geld, dass sie für sich und für Jori ausreichend zu essen hatte und mit einigen anderen in einer größeren Hütte wohnen konnte.

Jori musste ebenfalls beim Garbaging, beim Müllsammeln, mithelfen, sobald sie auf eigenen Beinen stehen konnte. Yanaia überlegte immer öfters, weg aus den Slums zu gehen. Sie sprach immer wieder mit Jori über mich. Über ihren Bruder, dem die Flucht aus den Slums gelungen war – oder – eigentlich hoffte sie, dass mir die Flucht gelungen war und ich ein neues, besseres Leben irgendwo in der Welt leben durfte. Sie fragte sich oft, was aus mir geworden war, aber es gab nur wenige Informationen aus der Welt in den Slums von Kairo. Außerdem hatte ich einen anderen Namen angenommen und auch mein Aussehen hat sich verändert. Ich trug mittlerweile einen Bart und der spätere Richard Altmann hatte nur noch wenig mit dem jungen Yahya Ates aus den Slums von Kairo gemeinsam. Es war für Yanaia wohl unmöglich, mich zu finden. Sie hatte aber bei Gott andere Sorgen, als sich auf die Suche nach ihrem Bruder zu machen. Essen, Wohnen, ein Dach über dem Kopf und vielleicht etwas Bildung für Jori – das waren die täglichen Sorgen von Yanaia.

Eines Tages bekam Yanaia von einem Bekannten die Information, dass man sich für einige relativ ungefährliche, medizinische Tests in Syrien melden konnte. Dafür gab es die Reise, genügend Essen und ein schönes Zimmer in einem echten Haus in Syrien, in Damaskus. Und man versprach ihr ausreichend Geld nach den Tests, um sich eine schöne eigene Wohnung und Ausbildung für die Tochter leisten zu können.

Yanaia meldete sich also für die Tests, für die Versuche bei Lisede Research. Sie reiste mit ihrer fünfzehnjährigen Tochter Jori nach Damaskus und bekam Unterkunft und Essen.

Bereits einige Tage nach der Ankunft wurde eine neue, längere Versuchsreihe über zwei Jahre gestartet. Yanaia und Jori nahmen daran teil und beide bekamen mehrere Mikrochips in ihre Körper eingepflanzt, sie waren also sogenannte Cyberstars. Sie sollten die erste Garnitur der Chips achtzehn Monate lang tragen und würden dann eine zweite Garnitur dazubekommen, in dieser Zeit bei Lisede wohnen und sich den täglichen Kontrollen unterziehen. Dafür wurden ihr ausreichend finanzielle Mittel zugesichert, mit der Jori eine Schulausbildung nachholen könnte.

Allerdings dauerte es nicht lange und Yanaia wurde krank. Oft waren gerade diese kranken Versuchspersonen besonders wichtig, da man an ihnen die Gegenmedikamente testen konnte. So quälte man die Kranken im wahrsten Sinne des Wortes noch mehr, und die meisten Medikamente wirkten nur unzureichend oder verschlimmerten die Situation vorübergehend sogar. Letztlich wurde Yanaia vollgestopft mit Medikamenten, deren Wirkungen, aber auch deren Wechselwirkungen man testete.

Yanaia wurde immer schwächer, ihr Appetit nahm ab und sie wog zuletzt nur noch 24 Kilo. Nach Wochen der Qual, der Unsicherheit und der Schmerzen starb sie.

Jori war an ihrem Sterbebett. Sie war sechzehn Jahre alt, als ihre Mutter starb. Sie war in einem fremden Land bei fremden Leuten, die nur daran interessiert waren, die Reaktionen ihres Körpers auf die unterschiedlichsten Medikamente zu testen.

Die letzten Worte, die Yanaia zu ihrer Tochter sagte, waren: „Greif nach den Sternen. Greif nach dem

Unmöglichen und du wirst das Mögliche erreichen. Aber bleib dir immer selbst treu."

Als mir Jori ihre Geschichte erzählte, kamen mir immer wieder die Tränen. Ich war so stolz auf meine Schwester, die wohl die beste Mutter der Welt gewesen war. Und ich war so unendlich beschämt, dass sie dort ums Leben kam, wo meine Verantwortung fehlte, wo ich nicht war und wo ich sein hätte sollen.

Ich hoffte, dass mir Yanaia verzeihen würde.

Jori erzählte mir auch, dass Yanaia nur Schönes über mich gesagt hatte. Yanaia erzählte ihr über meine Liebe zu den Büchern, über den *„Kleinen Prinzen"*, ja sogar über mein kleines Kruzifix, das ich aus den Slums mitgenommen hatte. Yanaia erzählte ihrer Tochter Jori auch, dass ich mich auf eine gewagte Reise begeben hatte, und hat dabei angedeutet, unter welchen Umständen ich aus Kairo geflohen war.

Jori sagte mir, dass es ihr sehnlichster Wunsch wäre, eine Ausbildung zu machen und dann einen richtigen Beruf zu haben und anständiges Geld zu verdienen – und dann auch einmal eine eigene Familie zu haben. Mit vielen Kindern.

Auch ich erzählte von meinem Leben. Von meiner Reise nach Prag, von meinem Namenswechsel von Yahya Ates zu Richard Altmann, von meinem Aufstieg, von Kira. Ich wagte es kaum, ihr über die Zeit mit Monika und ihrem Drogentod, über mein ungeborenes Kind und vor allem über meinen Reichtum zu erzählen. Schließlich baute dieser Reichtum auf dem Leid vieler Menschen auf. Aber ich erzählte ihr alles, und wir saßen mehrere Stunden zusammen.

Ich wurde immer stolzer auf Yanaia und ihre Tochter Jori, meine Nichte. Die Trauer über die Umstände der Menschenversuche wich in manchen Augenblicken der Freude darüber, dass mich meine Wurzeln aus Kairo in Form von Jori wieder eingeholt haben. Dennoch – die Last, die Verantwortung, die ich in diesem grausamen Unternehmen zu tragen hatte, war enorm und ließ mich immer wieder verzweifeln.

Kapitel 24

Was hier geschehen ist, kann man nicht wieder gutmachen.

„Sind Sie sich sicher?“

Ob ich sicher bin? Ich war mir noch nie so sicher wie jetzt. Ich wollte wieder dort beginnen, wo ich war, als ich die Slums in Kairo verlassen hatte. Ich saß also in einem modernen Büro in Vancouver, an meiner Seite Jori, meine Nichte, meine beiden Anwälte, zwei Vertreter der Staatsanwaltschaft und ein Notar. Neben mir auf dem Tisch lag ein Rucksack. Damals hatte ich den *„Kleinen Prinzen“*, ein Stoffschweinchen, ein kleines Kruzifix und eine kleine versteinerte Schnecke von Yanaia in meinem Rucksack. Den *„Kleinen Prinzen“* hatte ich längst verschenkt, ebenso das Stoffschweinchen. Das Kruzifix hatte ich damals Monika in die Hand gedrückt, als sie in den Leichensack gelegt wurde. Einzig die versteinerte Schnecke hatte ich noch. Es war ein Geschenk von Yanaia und ich schenkte sie weiter. An Jori.

Ich füllte den Rucksack mit anderen Dingen: Mit einem Abzug jenes Bildes, das Yanaia mit der jungen Jori zeigte, das einzige Bild, das wir von Yanaia hatten. Mit einem Bild von Kira, meiner geliebten Frau, die trotz ihrer Blindheit die Welt sah, wie keine andere. Und mit einem Kruzifix, das ich einst von Kira geschenkt bekommen hatte.

Ich legte den Rucksack auf den großen schweren Marmortisch.

„Sind Sie sich sicher?“, fragte mich der Notar nochmals.

„Ja, ich bin mir sicher. So sicher war ich mir selten in meinem Leben.“

„Gut. Dann unterschreiben Sie. Hier, über Ihrem Namen.“

Ich unterschrieb. Und fühlte mich irgendwie besser. Es schien, als wenn eine Last, die mich seit dem Aufdecken der Zustände bei Lisede erdrückte, zumindest leichter wurde.

Ich unterschrieb den Verkauf meiner gesamten Firmenbeteiligungen. Gemäß Vertrag durfte ich verkaufen, jedoch nur an Peter Morusch. Das tat ich. Ich legte auch alle meine Dienstverträge mit Lisede und den anderen Beteiligungsgesellschaften nieder.

„Und Sie wollen den ganzen Erlös in eine Stiftung einbringen?“, fragte mich der Notar weiter.

„Ja, alles soll in die Stiftung“, sagte ich.

Ich beschloss, mich von allem zu trennen, alles zu verkaufen, alles abzugeben. Und das gesamte Vermögen in eine Stiftung einzubringen. Die Stiftung hatte den Zweck, aus den Erträgen die Slums in Kairo zu unterstützen. Stiftungsvorstand waren meine beiden

Anwälte mit einem klaren Stiftungsauftrag. Wenn Jori ihre Ausbildung abgeschlossen hätte, dann sollte sie in den Stiftungsvorstand einziehen.

„Und Sie wollen Anzeige erstatten. Bei der kanadischen Behörde. Anzeige wegen Menschenhandel und Menschenversuchen. Sie nehmen die Kronzeugenregelung in Anspruch, unterzeichnen diese Abhandlung über die Zustände bei Lisede und stellen 200 Millionen Dollar aus der Stiftung zur Wiedergutmachung den Opfern zur Verfügung."

„Nein. Was hier geschehen ist, kann man nicht wiedergutmachen. Es ist nur ein kleiner Beitrag. Die Menschen, die hier als Versuchspersonen verwendet wurden, hatten unterschiedliche Ziele: Geld für ein besseres Leben, für Ausbildung, für eine Wohnung. Dabei kann ich sie unterstützen. Aber ich kann das Geschehene nicht wiedergutmachen", sagte ich.

Ich unterschrieb. In diesem Moment wusste ich, dass ich einen kleinen Beitrag geleistet hatte, dass es den Menschen, die im Vertrauen auf ein besseres Leben nach Damaskus gekommen waren, etwas besser gehen würde. Dass es Jori etwas besser gehen würde. Und dass die Machenschaften bei Lisede und bei anderen Konzerngesellschaften des Peter Morusch untersucht und aufgeklärt würden.

Kapitel 25

Aber ich hatte noch immer meinen Glauben an einen gütigen Gott.

Ich nahm den Rucksack und ging. Es war spät abends und die Nacht war bereits hereingebrochen. Ich verabschiedete mich von Jori, die mit mir nach Vancouver gekommen war, und die ich in einem schönen Haus untergebracht hatte. Sie sollte es gut haben, eine Schule absolvieren und einen Beruf lernen. Sie hatte das Zeug dazu.

Ich fuhr von Vancouver über Bellingham zum Olympic National Park. Dieser Park war ein paar Autostunden von Vancouver entfernt und lag bereits in den USA, in Washington State. Ich kam mit Kira oft hierher, an die Freshwater Bay. Ich fuhr die halbe Nacht bis ich dort ankam und setzte mich an den Strand.

Ich war nunmehr Anfang vierzig und hatte schon so viel erlebt. Schönes und Schlimmes. Das würde für zwei oder drei Leben ausreichen. Natürlich hatte ich Schuldgefühle. Ich, der ich niemals irgendjemandem schaden wollte, habe so viel Schuld auf mich geladen. Die Drogen, die ich schmuggelte. Die Menschenversuche, die ich zu verantworten hatte. Aber ich hatte noch immer meinen Glauben an einen gütigen Gott, der verzeiht. An meinen Gott, der niemanden fallen lässt.

Ich hatte das Gefühl, angekommen zu sein. Angekommen an einem Punkt in der Gegenwart. Nicht Vergangenheit und nicht Zukunft. Sondern hier, in meinem inneren Gleichgewicht. „Jetzt möchte ich zu meinen Eltern, zu Kira, zu meinem Sohn, zu Monika, zu Karim gehen", dachte ich mir. „Heute. Hier. Jetzt."

Kapitel 26

Ich bin Stummfilmbegleiter.

Ich trank also die Flasche zur Gänze aus und stellte sie neben mich. Ich steckte meine nackten Füße in den Sand, verspürte ein inneres Glücksgefühl und überlegte, was jetzt kommen würde.

Es war kurz vor Sonnenaufgang. Der runde Sonnenball musste nur noch wenige Zentimeter hinter dem Horizont auf seinen großen Auftritt warten. Auf seine große Weltbühne, auf den neuen Tag, der für viele Menschen Glück oder Leid bringen würde. Aber noch war es nicht soweit.

Da näherte sich plötzlich wie aus dem Nichts ein Mann. Er war groß gewachsen und machte einen eleganten Eindruck. Sein Gesicht war fast zur Gänze durch einen schwarzen, breitkrempigen Hut verdeckt. In der Hand hielt er ein kleines Netz mit einigen leeren Schneckenhäusern. Auffallend war auch seine elegante Uhr.

Er sah mich an und summte eine Melodie. Ich fragte, ob er Musiker wäre.

„So ähnlich“, sagte er. „Ich bin Stummfilmbegleiter.“

Er sah mich weiter an. Von Kopf bis Fuß. Dann wandte er sich enttäuscht ab.

„Auf Wiedersehen“, sagte ich höflich.

„Nein, wir werden uns nicht wiedersehen“, sagte er mit ruhiger Stimme und ging weiter.

In diesem Moment streiften mich die ersten, zarten Strahlen der aufgehenden Sonne und es wurde hell.

Ganz hell.

Biografie:

Wolfgang Rachbauer, geb. 1966 in Salzburg, aufgewachsen im elterlichen Transportunternehmen, Privatgymnasium der Herz-Jesu-Missionare in Liefering, Matura, LKW-Fahrer, Studium der Wirtschafts- und Sozialwissenschaften in Wien, Bankangestellter in leitender Funktion. „*Der Stummfilmbegleiter*" ist das erste Buch von Wolfgang Rachbauer. Derzeit Arbeit an einem weiteren Buchprojekt „*Ansichten eines Zweiflers*".

Lesen Sie mehr unter www.derstummfilmbegleiter.at.

Wolfgang Rachbauer, Der Stummfilmbegleiter

Roman

ISBN 9783902808257 Buchnummer e825

arovell verlag gosau salzburg wien 2012